VEREINT AUF NORDERNEY

TRAVEL & DATE

Rike Stienen

Roman

Impressum: www.rike-stienen.de
Lektorat: Susanne Hoffmann
Coverdesign: Dieter G. Hoffmann
Cover-Abbildung: www.stock.adobe.com
ISBN: 9781705429143
Independently published

Vereint auf Norderney

♥

KAPITEL 1

Henny wundert sich über Sophias Einladung zum Abendessen. Mitten in der Woche ist ihre Tochter sonst immer im Stress und froh, am Ende des Tages keine Verpflichtungen mehr zu haben. Nach der Arbeit holt Sophia gewöhnlich Emma von der Kita ab, spielt ein bisschen mit ihr und bringt sie frühzeitig zu Bett, um anschließend in Ruhe den Haushalt zu erledigen. Seit Hennys Schwiegersohn Vince als Ingenieur für einige Monate in Australien den Bau einer gigantischen Brücke beaufsichtigt, ist Sophia stark belastet. So gut es geht, unterstützt Henny ihre Tochter. Vor allem, wenn Emma mal krank ist und nicht in die Kita darf, kümmert sie sich um ihr Enkelkind. Hennys Verhältnis zu Sophia und Emma ist sehr innig. Deshalb vermisst sie ihren Schwiegersohn nicht unbedingt, denn auch die Wochenenden verlebt Henny durch seine Abwesenheit mit den beiden. Sie machen zusammen Ausflüge, oder Henny unternimmt allein etwas mit der kleinen Emma, damit Sophia einmal Zeit für sich hat. Seit Henny ihren Mann Hubert vor zwei Jahren verloren hat, ist die Familie ihr einziger Halt.
Als sie die Babyschuhe in buntes Geschenkpapier einpackt, schmunzelt Henny vor sich hin. Sie ist davon überzeugt, dass Sophia ihr eine neue Schwangerschaft mitteilen will. Bereits vor einiger Zeit hat sie die Schuhe gekauft und auf den Moment hingefiebert, in dem das weitere Enkelkind angekündigt wird. Vince war vor einigen Wochen auf Urlaub zuhause. In dieser Zeit ist es wohl passiert. Geplant war das zweite Kind schon eher, damit der Abstand zu der dreijährigen Emma nicht zu groß ist, aber durch Vince' Job am anderen Ende der Welt hat es nicht früher funktioniert. Egal, Hauptsache das freudige Ereignis tritt

endlich ein, und Henny wird noch mehr gebraucht als jetzt. Nach den Babyschuhen wickelt sie für Emma ein altersentsprechendes Holz-Puzzle ein. Schließlich soll die Kleine nicht mit leeren Händen dastehen, wenn ihre Mama die Babyschuhe erhält. Ob Emma begreift, dass sie ein Geschwisterchen bekommt? Henny hat immer von einem zweiten Kind geträumt, aber für die Firma zurückgesteckt. Gemeinsam mit Hubert hat sie damals die Büromöbel-Firma aufgebaut, und eine Erweiterung der Familie fiel daher flach. Nach dem Tod von Hubert hat Henny alles verkauft, was ihr als sogenannte Frührentnerin ein angenehmes Leben ermöglicht. Wenigstens dafür hat sich die jahrelange Schufterei in der Firma gelohnt. Henny hegt einen Wunsch, den Vince jedoch boykottiert. In ihrem großen Haus mit Garten wäre genug Platz für Sophia und ihre Familie. Henny könnte sich unter einem gemeinsamen Dach viel besser um Emma kümmern und ihre Tochter im Haushalt entlasten. Vielleicht erhöht sich durch ein weiteres Kind die Chance, dass Sophia ihren Mann umstimmt. Voller Vorfreude verlässt Henny mit den Geschenken in der Tasche ihr Haus. Sie ist froh, Mütze, Schal und Handschuhe angezogen zu haben. Der Wind ist kalt und bläst ihr auf dem Fahrrad genau ins Gesicht. Bisher war der Herbst in Berchtesgaden eher mild, aber kaum hat der Advent angefangen, stellt sich das Wetter offenbar um. Wer weiß, wie lange der erste Wintereinbruch noch auf sich warten lässt. Hennys Spannung und Vorfreude wachsen mit jedem Meter, den sie zum Reihenhaus ihrer Tochter zurücklegt. In welcher Schwangerschaftswoche Sophia sich wohl befindet? Henny versucht zurückzurechnen, wann Vince zuhause war. Demnach könnte es die neunte Woche sein. Ob sogar schon ein Ultraschallfoto von dem Ungeborenen existiert? Sie ist so in Gedanken versunken, dass Henny eine Bodenwelle übersieht und fast stürzt. Im letzten Moment behält sie das Gleichgewicht und steuert wieder geradeaus. Das war knapp. Zum Glück ist ihr ein Unfall erspart geblieben. Mit blutenden Knien

will sie die frohe Botschaft nicht empfangen.
Ohne erneute Vorkommnisse erreicht Henny ihr Ziel und stellt ihr Rad in den dafür vorgesehenen Ständer.
Die Tür fliegt auf. Zwei kleine Ärmchen strecken sich Henny entgegen. Ihr Herz geht auf, das eine unendliche Liebe für ihre Enkelin empfindet.
Hinter ihr taucht Sophia auf. „Grüß dich, Mama." Henny versucht, an ihrem Gesichtsausdruck abzulesen, ob Sophia heute eine besondere Ausstrahlung hat. Es ist ihr jedoch nichts anzumerken. Als sich vor knapp vier Jahren Emma ankündigte, hatte Henny ihrer Tochter das an ihren glänzenden Augen sofort angesehen. Dieses Mal scheint es anders zu sein. Liegt es daran, dass Vince soweit weg ist? Ob er es überhaupt schon weiß oder Sophia ihn zu Weihnachten überraschen will? Dann kehrt er für zwei Wochen aus Perth zurück, um die Feiertage mit der Familie zu verbringen. Glücklicherweise duldet Vince, dass Henny mit ihnen feiert. Obwohl sie sich bemüht, eine nette Schwiegermutter zu sein, wird sie den Eindruck nicht los, dass Vince sie nicht sonderlich mag. Sophia streitet diesen Verdacht immer ab, wahrscheinlich, um Henny nicht zu verletzen. Wohl oder übel gibt sie sich damit zufrieden und verhält sich Vince gegenüber freundlich und abwartend. Auf keinen Fall möchte Henny ihm auf die Nerven fallen.
„Komm bitte rein. Es zieht. Emma könnte sich erkälten", reißt Sophia Henny aus ihren Grübeleien. „Sie trägt ja bereits ihren Schlafanzug."
„Entschuldige." Henny setzt Emma auf dem Boden ab, die sie bei der Begrüßung auf den Arm genommen hat.
Sophia hilft Henny aus der Jacke, während Emma an ihrem Hosenbein zerrt. „Spielst du mit mir?"
„Wenn es deine Mama erlaubt", antwortet Henny vorsichtig.
„Omi kann dir etwas vorlesen, bis der Auflauf fertig ist. Du gehörst längst ins Bett." Wenn es um die Einhaltung der Schlafenszeit geht, ist Sophia unerbittlich.

Henny dagegen drückt meistens ein Auge zu und lässt ihre Enkelin länger aufbleiben, wenn sie bei ihr übernachtet.
Als sie mit Emma allein im Kinderzimmer ist, holt sie ihr Geschenk aus der Tasche. Begeistert packt Emma es aus. Sofort versucht sie, die einzelnen Holzteile in die dafür vorgesehenen Vertiefungen zu setzen. Es gelingt ihr erstaunlich gut, und Henny spart nicht mit Lob. Zum Vorlesen kommt sie daher erst gar nicht mehr, denn alsbald ruft Sophia: „Essen steht auf dem Tisch."
Emma krabbelt brav unter ihre Bettdecke. „Gehst du mit mir mal wieder auf den Spielplatz, Omi?"
„Ja, am Wochenende, versprochen." Henny küsst Emma zum Abschied auf die Stirn. „Schlaf schön, mein Schatz. Ich hab dich so lieb."
„Ich dich auch Omi." Schon fallen Emma die Augen zu.
Diese wenigen Worte lösen ein Glücksgefühl bei Henny aus.
Wie sehr sie dieses kleine Wesen in ihr Herz geschlossen hat, wird ihr immer bewusster. Liegt es daran, dass sie Hubert schmerzlich vermisst? Oder liebt jeder seine Enkelkinder abgöttisch?
Gleich wird sie den voraussichtlichen Geburtstermin von Emmas Geschwisterchen erfahren. Was für eine Freude. Henny kann den Moment kaum erwarten. Gespannt betritt sie die Küche, in der es verführerisch duftet. Wenn Henny sich nicht irrt, hat Sophia einen Kartoffelauflauf im Ofen.
„Hm, das riecht ja himmlisch. Extra für mich?"
„Ja, ich weiß, wie gern du das isst. Hat dich Emma problemlos freigegeben?", fragt Sophia.
„Sie hatte sogar die Augen schon geschlossen, bevor ich das Zimmer verlassen habe."
„Das Vorlesen bewirkt tatsächlich Wunder, genau wie bei mir früher. Deine Stimme hat mich immer beruhigt."
Henny zieht es vor, nichts von dem Puzzle zu erzählen. Die spannende Atmosphäre will sie durch nichts trüben. Sophia mag es nicht, wenn sie Emma außer der Reihe etwas schenkt. Sie soll nicht zu einer Konsum-Biene

erzogen werden. Henny hält das für völlig übertrieben. Kleine Geschenke steigern die Omi-Liebe. Wann soll Henny Sophia die Babyschuhe geben? Sofort oder erst nach dem Essen? Sie entscheidet sich für die zweite Möglichkeit.
„Mama, setz dich bitte. Trinkst du einen Schluck Wein mit? Roten oder weißen?"
„Alkohol? Schwang ..." Henny schluckt ihren aufsteigenden Protest hinunter. Alkohol als werdende Mutter geht in ihren Augen gar nicht.
„Was wolltest du sagen?", hakt Sophia nach.
„Ach, nichts. Ich nehme lieber Wasser. Wegen mir musst du nicht extra eine Flasche öffnen. In der Dunkelheit auf dem Fahrrad erfordert später meine volle Konzentration." Henny möchte ihrer Tochter den Spaß nicht verderben und zugeben, dass sie deren Geheimnis erahnt. Trotzdem hofft sie, dass Sophia ebenso auf den Wein zugunsten ihrer Schwangerschaft verzichtet.
Zum Glück funktioniert Hennys Vorschlag. Es bleibt bei Wasser, obwohl Sophia einen neuen Versuch startet: „Notfalls kannst du hier übernachten."
„Das weiß ich. Alkohol ist generell nicht gesund", wiegelt Henny das Problem endgültig ab.
Der Auflauf schmeckt himmlisch. Sophia würzt ihn genauso, wie Henny ihn mag, mit viel Chilisalz, Oregano und etwas Gemüsebrühe. „Köstlich. Wie komme ich mitten in der Woche zu diesem Genuss?" Henny ist zu aufgeregt, um länger in der Warteschleife zu verharren.
„Ich ...", setzt Sophia an, als das Telefon klingelt. „Entschuldige. Das ist bestimmt Vince. Er ruft sonst früher an, um Emma einen Gute-Nacht-Kuss durch den Hörer zu hauchen. Offenbar hat er es heute nicht rechtzeitig geschafft. Die Zeitverschiebung macht es uns nicht leicht, per Telefon zu kommunizieren." Sophia springt auf und nimmt den Anruf auf dem Festnetz entgegen.
Henny hört nur Bruchstücke des Gespräches, da ihre Tochter mit dem Gerät im Flur verschwunden ist.

„Noch nicht. Ich sag es ihr gleich. Es fällt mir so schwer", lauscht Henny Sophias Worten. Sie wundert sich darüber. Sophia weiß doch, wie sehr Henny sich über ein weiteres Enkelkind freut.
Nach fünf Minuten kehrt Sophia zurück. „Ich soll dich von Vince grüßen." Ob das wirklich den Tatsachen entspricht, bleibt ihr Geheimnis.
„Danke, wie geht es ihm denn?", fragt Henny mehr aus Höflichkeit als aus ernsthaftem Interesse.
„Es gibt leider Probleme mit dem Zeitplan der Brücke. Ein Eisenträger wurde zu kurz berechnet und passt nicht. Vince ist am Rotieren. Schließlich hat er die Bauaufsicht."
„Oh, das tut mir leid." Nach dem letzten Bissen betupft sich Henny den Mund und kramt in ihrer Tasche nach dem Päckchen. Sie will schnell das Thema auf das erfreuliche Ereignis lenken. Die Probleme von Vince sollen den Abend nicht verderben. Henny schiebt das Geschenk über den Tisch zu ihrer Tochter hinüber.
„Für mich?", erkundigt sich Sophia und reißt die Augen auf. „Weihnachten ist doch erst in drei Wochen."
„Besondere Anlässe erfordern besondere Präsente."
„Was für einen Anlass meinst du?" Sophia wirkt tatsächlich so, als gäbe es keinen.
„Pack schon aus." Henny kann den Moment der Gewissheit kaum erwarten. Ihr Herz schlägt einige Takte schneller als üblich.
Fast im Schneckentempo schält Sophia die Babyschuhe aus dem Papier. Statt in Begeisterung auszubrechen, schweigt sie mit versteinerter Miene und starrt darauf, als hätte sie so etwas noch nie zuvor gesehen.
„Was ist? Gefallen sie dir nicht? Du darfst sie natürlich umtauschen. Ich habe sie extra in Gelb gekauft, weil ich nicht weiß, ob es ein Junge oder ein Mädchen wird."
Endlich findet Sophie zu ihrem Sprachzentrum zurück. „Emma ist wohl aus dieser Größe längst herausgewachsen." Sie schiebt den Karton zurück in Richtung Henny. „Vielleicht wird jemand in deinem Kaffeekränz-

chen bald Oma."
Perplex bohrt Henny nach: „Du bist gar nicht schwanger?"
„Nein, wie kommst du auf diese verrückte Idee?", braust Sophia auf. „Von wem sollte ich denn bitte ein Kind bekommen? Mein Mann ist tausende Kilometer weit weg."
„Aber ..." Zum Glück sitzt Henny auf einem Stuhl. Ansonsten würde sie glatt im Erdboden versinken. In solch einen riesigen Fettnapf ist sie noch nie in ihrem Leben getreten. „Wieso lädst du mich dann mitten in der Woche zum Abendessen ein?" Henny ringt um Fassung und leert ihr Wasserglas in einem Zug. Ein mächtiger Kloß hängt trotzdem in ihrem Hals fest. „Ihr wollt doch ein zweites Kind. Ich dachte ..."
„Mütter, speziell Großmütter, verdrängen oft die Realität zugunsten eines Wunsches. Ich bin mehr oder weniger seit Monaten alleinerziehend. Eine Schwangerschaft würde mich völlig in dieser Situation überfordern."
„Du hast mich", wagt Henny einen leisen Protest.
Sophia greift über den Tisch nach Hennys Hand. „Ja, Mama, du unterstützt mich sehr. Dafür bin ich dir dankbar. Wie lange Vince noch in Perth bleiben muss, steht in den Sternen. Die Planung eines zweiten Kindes muss deshalb verschoben werden."
Henny steigt die Schamröte ungewollt ins Gesicht. „Entschuldige bitte meine voreiligen Schlüsse, die ich aus deiner spontanen Einladung gezogen habe. Ich bin wohl übers Ziel hinausgeschossen."
„Macht nichts, Mama. Du hast es gut gemeint. Umso schlimmer ist es für mich, dir den wahren Grund unseres Zusammenseins zu sagen."
Hennys Puls beschleunigt sich erneut. „Was Schlimmes? Bist du etwa ernsthaft krank?"
„Nein", wiegelt Sophia ab. „Vince kann aufgrund seiner beruflichen Probleme nicht aus Perth weg, sonst riskiert er seinen Job."
Erleichtert lehnt sich Henny zurück. „Das heißt, er kommt nicht zu Weihnachten?"

„Das kann er sich nicht leisten."
„Es ist zwar für dich und Emma sehr traurig, aber wir werden es uns trotzdem gemütlich machen." Als Sophia schweigt, befürchtet Henny, dass die Spitze des Eisberges noch nicht erreicht ist. Leider bestätigt sich ihre Vermutung.
„Ich fliege übernächste Woche mit Emma nach Australien." Sophia schaut Henny nicht an, als sie weiterspricht: „Ich gehöre zu meinem Mann und Emma zu ihrem Vater. Wir dürfen ihn jetzt nicht im Stich lassen. Mit meiner Chefin habe ich bereits verhandelt. Ich tausche den Urlaub mit einer Kollegin. Über Weihnachten ist die Praxis sowieso geschlossen. Anfang Januar fängt ohnehin eine zusätzliche Röntgenassistentin bei uns an."
Henny ist wie gelähmt und zu keiner Reaktion fähig. Die Tragweite von Sophias Beichte wird ihr erst allmählich bewusst: Weihnachten allein, ohne ihre Familie. Die Erkenntnis reißt ein Loch in ihr Herz.
„Mama, du sagst ja gar nichts dazu?", unterbricht Sophia die Stille.
Henny gibt sich einen Ruck. „Natürlich verstehe ich deine Entscheidung. Hast du keine Sorge wegen Emma und dem langen Flug? Sie ist doch noch so klein."
„Ach, Kinder verkraften das besser als wir. Sie wird viel schlafen. Vince hat übrigens nichts dagegen, wenn du uns begleitest. Er hat ein schlechtes Gewissen, dich allein hier zu lassen."
„Hat er das?", klingt es skeptischer aus Hennys Mund als beabsichtigt. „Das Angebot ist lieb gemeint, aber du kennst mich. Solch eine weite Reise traue ich mir nicht mehr zu."
Eine Weile versucht Sophia, Henny zu überreden. Vergeblich. Einen alten Baum verpflanzt man nicht, schon gar nicht zu Weihnachten.
Als Hubert noch lebte, wollte er die Feiertage mal auf Mallorca unter Palmen verbringen. Nicht mit Henny. Sie weigerte sich standhaft und setzte sich durch. Für sie gab

und gibt es nichts Schöneres als Weihnachten in den eigenen vier Wänden.
„Überleg es dir in Ruhe, Mama. Ich buche die Flüge morgen nach der Arbeit. Wenn du Angst vor der Enge im Flieger hast, trete ich dir meinen Platz in der Business-Class ab.“
„Danke. Ich fliege auf keinen Fall nach Australien. Irgendwie gehen die Feiertage rum. Nächstes Jahr sind wir wieder alle zusammen.“ Henny wundert sich über ihre eigene Tapferkeit. Dabei kämpft sie gegen die Tränen an, die kurz vor dem Ausbruch stehen. Gerade dieses Weihnachten hat sich Henny so schön mit Emma ausgemalt. Endlich ist das Mädchen verständig genug, um den Heiligen Abend kindlich zu begreifen. Im vergangenen Jahr hat sie nur über die Lichter im Baum gestaunt. Plätzchen wollte Henny mit ihr backen, über den Weihnachtsmarkt schlendern und Karussell fahren. Daraus wird nun nichts. Alle Pläne sind von einer Sekunde auf die andere Schall und Rauch.
„Ach, Mama, schau nicht so traurig. Du brichst mir das Herz. Bitte überschlafe unseren Vorschlag. Du warst nie in Australien. Wir können uns Perth und die Umgebung zusammen anschauen. Vince hat dort einen Firmenwagen, den ich nutzen kann, während er arbeitet.“
Henny fühlt sich im Moment nicht in der Verfassung, sich ihrer Tochter mit weiteren Argumenten zu widersetzen. Sie will nach Hause und den Schock erst einmal für sich verdauen. Ausweichend meint sie: „Okay, ich gebe dir morgen Bescheid. Ich bin müde und breche jetzt auf.“ Viel länger schafft es Henny nicht, ihre Tränen zurückzuhalten. Deshalb räumt sie schnell den Tisch mit ab. „Danke, es war super lecker.“
„Möchtest du etwas mitnehmen? Es ist so viel vom Auflauf übrig.“
„Gern, dann erspare ich mir morgen die Kocherei.“
Mit einer Plastikdose bewaffnet radelt Henny heim. Durch den Tränenschleier erkennt sie kaum die Straße, aber

irgendwie findet ihr Drahtesel wie durch ein Wunder allein zurück.

♥

KAPITEL 2

Kaum ist Henny zuhause angekommen, spendet ihr ein Schnaps auf den Schock Trost. Ein zweites Gläschen folgt, bis sich eine gewisse Entspannung in ihrem Körper ausbreitet. Was für ein Abend. Im Nachhinein hat sich Henny total lächerlich gegenüber ihrer Tochter verhalten. Die arme Sophia. Ihre Beichte, über Weihnachten nach Australien zu fliegen, ist ihr sicher nicht leicht gefallen. Zusätzlich hat Henny auf dem wunden Punkt mit der Schwangerschaft herumgehackt. Wie konnte sie so unsensibel sein? Diesen Fauxpas muss sie unbedingt wiedergutmachen. Aber wie? Henny verzeiht sich ihre Voreiligkeit nicht. Klammert sie sich zu sehr an ihre Familie, seit Hubert nicht mehr lebt? Zwar hat Henny einige Freundinnen, mit denen sie sich manchmal trifft, aber das dient allein dem Zeitvertreib. Eine sogenannte Busenfreundin ist nicht darunter. Deshalb plätschern die Gespräche mit ihnen an der Oberfläche. Alle haben Enkelkinder in unterschiedlichen Altersphasen. Es wird über die billigsten Windeln, besten Kitas oder Schulnoten diskutiert. Henny hält sich meistens zurück mit Erfolgsnachrichten über Emma. Solche haben sie damals, als Sophia klein war, bei anderen Müttern gestört. Jedes Kind ist individuell mit eigenen Fähigkeiten ausgestattet. Die Angeberei, welches was besser oder früher kann, findet Henny überflüssig. Den Wettstreit überlässt sie den anderen Großmüttern. Leider ist keine unter ihnen, mit der sie engeren Kontakt pflegt oder eventuell Weihnachten feiern könnte. Die trostlosesten Feiertage ihres Lebens stehen Henny demnach bevor.

Leicht beschwipst begibt sie sich ins Bett. Schlafen erscheint zunächst am besten. Morgen ist es früh genug, um nach einer Lösung zu suchen.

♥♥♥

Henny wacht mit leichten Kopfschmerzen auf. Der letzte Schnaps war zu viel. Von Weitem hört sie ein bekanntes Geräusch: die Müllabfuhr. Hat sie gestern die Tonne auf die Straße gestellt? Mit einem Ruck sitzt sie senkrecht im Bett. Das wollte sie nach dem Abendessen mit Sophia erledigen. Durch die Sache mit Australien hat Henny das völlig vergessen. Fürs Anziehen bleibt keine Zeit mehr. Der Lärm rückt immer näher. Eilig wirft Henny ihren Morgenmantel über und schlüpft in ihre Hausschuhe. Die Müllmänner leeren gerade die Tonne ihres Nachbarn Gregor, als Henny ihre hektisch auf den Bürgersteig schleift. Geschafft, gerade noch rechtzeitig. Ihr Anblick muss urkomisch aussehen, denn die beiden Müllmänner grinsen sie an. „Na, das war aber knapp. Verschlafen?“
Henny zieht es vor, nicht darauf zu antworten, sondern nur kurz zu nicken. Schnell verschwindet sie hinter ihrem Eingangstor und flüchtet in Richtung Haus. Leider nicht flott genug.
„Guten Morgen, Henny. Hattest du deine Tonne vergessen?“, bremst der Nachbar sie aus.
„Ja, das ist mir noch nie passiert.“
„Ich war schon auf dem Sprung, sie für dich herauszustellen.“
„Das ist nett von dir, Gregor. Sei mir bitte nicht böse. Ich möchte mich in diesem Aufzug nicht erkälten.“
Gregors Schmunzeln spricht Bände.
Nicht einmal die Haare hat sich Henny gekämmt. Sie stehen teilweise senkrecht vom Kopf ab.
„So schlimm siehst du gar nicht aus.“
„Danke für die Blumen.“ Henny findet das fragwürdige Kompliment nicht besonders lustig.

„Ich habe gerade frische Semmeln eingekauft. Magst du mit mir frühstücken?", lädt Gregor sie unvermutet ein.
Henny ist zu überrascht, um eine Ausrede parat zu haben.
„Ja, warum nicht? Gib mir bitte eine halbe Stunde."
„Alle Zeit, die du brauchst. Komm einfach rüber, wenn du fertig bist."
Erst jetzt setzt Hennys Denkvermögen ein. „Bist du allein?"
Gregor lacht. „Ja, aber ich tue dir nichts. Sohn und Schwiegertochter sind arbeiten und die Kids in der Schule. Sturmfreie Bude sozusagen."
„Soll ich etwas mitbringen?"
„Wenn du unbedingt Kaffeesahne brauchst. Die ist bei uns aus."
„Nein, Milch reicht mir. Bis gleich." Henny fröstelt. Hoffentlich hat der leichtbekleidete Auftritt draußen keine Spätfolgen. Sie huscht ins Haus direkt unter die heiße Dusche. Der Wasserstrahl auf dem Kopf spült ihre Gedanken klar. Wieso lädt Gregor sie zum Frühstück ein? Das hat er noch nie gemacht. Will er ihr vielleicht mitteilen, den Schnee vor ihrer Haustür nicht mehr beseitigen zu wollen? Seit Huberts Tod hat er das für Henny übernommen, weil sie an einem Bandscheibenvorfall leidet. Anscheinend hören die Hiosbotschaften gar nicht mehr auf. Womöglich regt sich Henny mal wieder über ungelegte Eier auf, und Gregor möchte nur plaudern. Ihn ereilte vor Jahren ein dramatisches Schicksal. Zur Perlenhochzeit stach er mit seiner Frau im Mittelmeer mit einer gecharterten Jacht in See. Sie gerieten in einen Sturm, bei dem seine Angetraute über Bord ging. Sie wurde nie gefunden. An Gregor klebt bis heute der Verdacht, dass es kein Unfall war. Die Polizei befragte damals sogar Henny und Hubert nach der Ehe der beiden. Sicher war es ihre Pflicht, aber Henny fand das pietätlos. Glücklicherweise wurden die Ermittlungen gegen Gregor eingestellt. Trotzdem bleibt ein bitterer Beigeschmack bei der Geschichte. Die anderen Nachbarn tuscheln nach wie

vor darüber. Wenn Gregor jedoch irgendetwas mit dem Tod seiner Frau zu tun hätte, wäre sein Sohn mit seiner Familie bestimmt nicht bei ihm eingezogen. Um diesen Zusammenhalt beneidet Henny Gregor. Allerdings geht es im Haus nebenan oft hoch her. Die drei Jungen sind ziemlich wild. Im Sommer herrscht im Garten mit dem Pool manchmal ein Gegröle, das in der Parallelstraße zu hören ist. Henny stört es nicht, denn es vermittelt ihr das Gefühl, nicht allein zu sein. Die Schaukel und die Sandkiste für Emma in ihrem eigenen Garten wurden bisher nicht so ausgiebig genutzt. Henny bedauert es, dass ihre Enkelin ganztägig in die Kita geht. Lieber würde sie sie mittags abholen und am Nachmittag bei sich betreuen. Mit diesem Vorschlag stieß sie bei Sophia auf taube Ohren. Ihr Kind soll Sozialkompetenz erlernen. Die Zeiten sind vorbei, in denen Omas dafür gut genug waren. Henny hatte einen Kommentar hinuntergeschluckt und dazu geschwiegen. Heutzutage sind eben andere Erziehungsmethoden angesagt. Vielleicht ist Sophia zu behütet aufgewachsen. Henny würde wahrscheinlich als sogenannte Helikoptermutter gelten. Es bleibt ihr nichts anderes übrig, als die geschenkten Stunden mit Emma zu genießen.

Nachdem sich Henny die Haare geföhnt und sich angezogen hat, läuft sie zum Nachbarhaus.

Die Tür fliegt ohne Betätigung der Klingel auf, als hätte Gregor durch den Spion gespäht und auf sie gewartet.

„Hereinspaziert. Ich habe extra in der Küche den Kachelofen eingeheizt, damit du nicht nach deinem Mülltonnen-Abenteuer frierst.“ Ob er das ironisch meint, behält der Steuerberater für sich.

„Gemütlich habt ihr es hier“, betont Henny, als sie hinter Gregor die Wohnküche betritt. Eindeutig trägt die Stube die Handschrift der Schwiegertochter. Die Einrichtung ist viel moderner als zu Zeiten von Gregors Frau.

Er deutet auf die Eckbank. „Hock dich gern direkt an den Ofen. Frischer Kaffee kommt gleich.“ Gregor wendet sich

der Kaffeemaschine zu und drückt einen Knopf, bis die Brühe in die Tassen rinnt.
Hennys Augen schweifen über den Tisch. Es bleiben keine Frühstückswünsche offen. Verschiedene Semmel- und Brotsorten, Croissants, Käse, Wurst, Lachs, verschiedene Marmeladensorten, Nutella und sogar Kirschstreuselkuchen.
Gregor reicht ihr den Kaffee. „Wie magst du dein Ei? Gekocht, Spiegelei mit Speck oder lieber Rührei?"
„Hey, das ist ja wie in einem Fünf-Sterne-Hotel. Rührei wäre nicht schlecht." Zugegebenermaßen war Henny noch nie in solch einer Unterkunft. Daher weiß sie gar nicht, was dort geboten wird. „Wieso verwöhnst du mich?"
„Das ist mir deine Gesellschaft wert. Seit Thomas meine Steuerkanzlei übernommen hat, langweile ich mich hier."
„Aber du hilfst ihm doch stundenweise, oder?", hakt Henny nach, während sie eine Vollkornsemmel aufschneidet.
„Ja, sporadisch. Ich möchte ihm nicht ins Handwerk pfuschen. Einige, langjährige Mandanten betreue ich zwar weiter, aber das lasse ich allmählich auslaufen. Ich will mein Leben endlich mehr genießen, indem ich mich mehr meinen Enkelsöhnen widme. Nächstes Jahr nehme ich den Großen mit auf den Golfplatz."
Henny seufzt leise. „Du hast es gut. Mein Schwiegersohn will lieber in dem kleinen Reihenhaus wohnen als in meinem Kasten."
„Mögt ihr euch nicht?", fragt Gregor direkt heraus.
„Ich dachte schon. Wir hatten bisher nie Streit. Womöglich hat er Angst, ich würde Emma zu sehr verwöhnen, wenn wir zusammen unter einem Dach leben."
„Ist seine Sorge denn berechtigt?"
Henny zögert. „Nun ja, bei mir hat sie sicher mehr Freiheiten. Großeltern sind nun mal großzügiger, oder?"
„Stimmt. Wenn Thomas und Frauke außer Haus sind, dürfen die Jungen länger herumtoben. Ich sehe die

vorgegebene Schlafenszeit nicht so eng." Gregor schlägt einige Eier auf, verquirlt sie mit etwas Milch, Salz, Pfeffer und Muskatnuss und lässt die Masse aus der Schüssel in die Pfanne fließen. Nach dem Stocken fügt er gehackten Schnittlauch hinzu. Das wirkt so souverän, als würde Gregor das jeden Morgen zubereiten. „Ich hoffe, du verkaufst dein Haus nicht wegen der Größe, die du allein nicht mehr benötigst. Ich schätze unsere unkomplizierte Nachbarschaft sehr. All die Jahre war sie stets von Geben und Nehmen geprägt."

„In den letzten Jahren war das Geben von dir ausgeprägter. Ich werde nie vergessen, wie du mir steuerlich beim Erbe und mit der Veräußerung der Firma geholfen hast. Dafür bin ich dir ewig dankbar."

Gregor wiegelt sofort ab: „Das war selbstverständlich. Ihr habt uns vor einigen Jahren ohne mit der Wimper zu zucken bei euch wohnen lassen, als wir den Wasserrohrbruch hatten. Eine Hand wäscht die andere." Er verteilt das Rührei direkt aus der Pfanne auf die Teller.

Es schmeckt Henny sehr gut. „Wer hat dir das beigebracht? So perfekt gewürzt habe ich die Eier noch nie gegessen. Hast du bei einem Sternekoch gelernt?", überschüttet sie ihren Gastgeber mit Komplimenten.

„Alles eine Frage der Übung. Ich bediene die Familie oft morgens, weil ihre Zeit knapp ist. Das mache ich gern. Du kennst das positive Gefühl sicher, noch für etwas zu nutzen." Es klingt ein wenig frustriert aus Gregors Mund.

„Ja, manchmal fühle ich mich überflüssig", gibt Henny zu. „Ich habe mich gestern bei Sophia bis auf die Knochen blamiert." Freimütig erzählt sie Gregor die peinliche Geschichte.

„Du Ärmste. Das war eine blöde Situation. Wirst du mit nach Australien fliegen?"

Henny schüttelt vehement ihren Kopf. „Auf keinen Fall. Man muss drei Mal umsteigen. Das stundenlange Sitzen im Flieger schadet außerdem meinem Rücken."

„Das heißt, du bleibst Weihnachten lieber ganz allein?"

Gregor zieht eine Augenbraue hoch.
„Es sieht danach aus. Eine Alternative habe ich bisher nicht."
„Natürlich könntest du mit uns feiern, aber ausgerechnet dieses Jahr fahren wir alle zu Thomas' Schwiegereltern nach Salzburg." Gregor wirkt nicht begeistert, wie Henny an seiner Mimik abliest.
„Du scheinst das nicht gut zu finden, hab ich recht?"
„Nein. Allerdings nehme ich die Leute in Kauf, um Weihnachten bei meinen Enkeln zu sein. Ich mache gute Miene zum bösen Spiel. Jedenfalls packe ich die Skier aufs Dach. Die verschaffen mir Freiraum, wenn ich es dort gar nicht mehr aushalte."
„Ich beneide dich trotzdem. Wahrscheinlich helfe ich bei der Tafel am Heiligen Abend aus. Damit verbringe ich ihn wenigstens sinnvoll. Die Plätzchen, die ich mit Emma backen will, spendiere ich den armen Menschen."
„Ach, Henny, wir beide sollten mehr miteinander unternehmen. Warum leben wir Haus an Haus und beschränken uns aufs Grüßen? Wenn du magst, bringe ich dir im nächsten Sommer das Golfspielen bei."
Gegen ihren Willen lacht Henny. „Mein Rücken erlaubt das leider nicht. Trotzdem danke für dein Angebot." Mit Genuss hat Henny inzwischen das Rührei aufgegessen und beißt in eine Semmelhälfte mit Himbeergelee. „Sind die Früchte aus eurem Garten?"
„Ja, wir haben zwei Sträucher. Du hast Glück. In diesem Glas befindet sich der Rest der Ernte."
„Sag bloß, du kochst die Marmelade ein?"
„Klar, wer sonst? Die anderen Hausbewohner haben Stress genug."
Henny verquatscht sich zwei Stunden bei Gregor, bis ihr Blick auf die Küchenuhr fällt. „Ich habe gleich einen Friseurtermin. Den hätte ich fast vergessen."
„Schade, ich habe nichts vor. Von mir aus darfst du gern bleiben", bedauert Gregor und stellt die schmutzigen Teller aufeinander.

Anschließend bestücken sie gemeinsam die Spülmaschine mit dem Geschirr.
Beim Abschied verspricht Henny, sich demnächst zu revanchieren.
„Ich freue mich darauf. Du backst so leckere Crêpes."
„Ist das als Wink mit dem Zaunpfahl zu verstehen?", fragt Henny grinsend. „Woher willst du das überhaupt wissen?"
„Dein Mann hat es mal erwähnt." Gregor zwinkert mit einem Auge: „Nur ein Tipp, was ich so mag."
„Okay, merke ich mir."
Der Vormittag beim Nachbarn hat Henny tatsächlich gutgetan. Sie sieht nicht mehr ganz so düster in die nahe Zukunft. Per WhatsApp teilt sie Sophia jedoch mit, sich gegen Australien zu entscheiden. Henny muss lernen, sich von ihrer Familie abzunabeln und mehr
Eigeninitiative zu ergreifen. Lange genug ist sie in ihrer Trauer um Hubert versunken. Es würde ihm nicht gefallen, wie Henny sich entwickelt hat. Früher war sie viel geselliger, ging ins Theater oder ins Kino und organisierte ihre gemeinsamen Reisen. Ohne Hubert hat Henny Berchtesgaden und die direkte Umgebung nicht mehr verlassen. Das sollte sie dringend ändern. Womöglich strapaziert sie Sophias und Vince' Nerven, ohne es selbst zu realisieren. Auch wenn Henny nicht den Eindruck verspürt, sich aufzudrängen, empfinden die beiden das womöglich anders.
Gregor dagegen hat einige Hobbys und verreist ohne seinen restlichen Clan.
Sophia, Vince und Emma wird es ebenso guttun, mal ohne Henny zu sein, auch wenn diese Erkenntnis noch so sehr schmerzt.

Mit einem Einkaufszettel in der Tasche fährt Henny zunächst zum Friseur und anschließend zu ihrem bevorzugten Lebensmittelladen. Hier bekommt sie alles, was das Bäckerherz begehrt. Für die Bedürftigen der Tafel plant Henny, jede Menge Plätzchen zu backen. In der nächsten Zeit wird sie damit beschäftigt sein und abgelenkt werden.

♥

KAPITEL 3

Der Tag des Abschieds kommt viel zu schnell. Henny hat Sophia versprochen, sie und Emma zum Salzburger Flughafen zu bringen. Das kostet Henny starke Überwindung. Hoffentlich bricht sie nicht in Tränen aus. Auf keinen Fall möchte sie Sophia ein schlechtes Gewissen machen. Wie sie ihre Tochter kennt, hat sie das ohnehin schon. Allein wegen Emma nimmt sich Henny vor, tapfer zu sein. Vorsichtshalber wandert ein Päckchen Papiertaschentücher in die Handtasche.
Seit Henny von Australien weiß, hat sie sich mit dem Backen von Keksen betäubt. Die vollen Dosen türmen sich in der Vorratskammer, obwohl ein Teil bereits zu den Nachbarn gewandert ist. Gregor hat bereits zwei Mal deswegen angerufen und sich bei ihr bedankt. Die Revanche für sein Frühstück hat bisher nicht stattgefunden. Henny war tatsächlich zu beschäftigt. Als Trostpflaster für Weihnachten hatte Sophia Emma einige Tage aus der Kita und bei Henny gelassen, sogar über Nacht. Zusammen mit ihrer Enkelin knetete sie Teig, stach Plätzchen aus und verzierte sie mit Liebesperlen und Schokoraspeln. Die Küche sah teilweise aus, als sei eine Bombe explodiert. Das nahm Henny gern in Kauf und räumte alles auf, nachdem Emma abends im Bett schlief. So viel Spaß hatte Henny schon lange nicht mehr. Die Tage mit Emma waren ein wahres Geschenk, von dem sie nun zehrt, bis sie aus Australien zurückkehrt. Wie soll sie das schaffen?
Mit diesen trüben Gedanken geht Henny mit einer Stofftüte bepackt zur Garage. Natürlich hat sie für Sophia,

Vince und Emma Geschenke eingekauft. Wenigstens dadurch möchte Henny am Heiligen Abend im fernen Perth präsent sein. Kurz bevor das elektrische Tor vollständig geöffnet ist, schreckt eine Stimme sie auf.
„Guten Morgen, Henny. Von dir hört und sieht man ja nichts. Warst du krank? Du weißt, dass du immer anrufen kannst. Ich fahre dich zum Arzt oder hole dir etwas aus der Apotheke."
Sie wendet sich um und blickt in das besorgte Gesicht von Gregor. „Nein, Emma war einige Tage bei mir. Wir haben Plätzchen gebacken. Ich war also schwer beschäftigt."
„Aha, verstehe. Ich habe mich gewundert, warum du dich nicht mal meldest."
„Ich habe die Gegeneinladung zum Frühstück nicht vergessen. Hast du morgen Zeit?", fragt Henny ganz spontan. Insgeheim handelt sie egoistisch. In Gregors Gesellschaft wird sie nicht so viel an Sophia und Emma denken.
Der Nachbar scheint nicht lange zu hadern: „Gute Idee. Ich komme gern und bringe frische Semmeln mit. Du musst nicht extra aus dem Haus bei der Kälte."
Wie fürsorglich Gregor ist, fällt Henny plötzlich auf. Ein fremder Mann, der sich um ihre Gesundheit sorgt, ist ihr selten begegnet. Hubert war zwar liebevoll, aber empfand wenig Empathie für Hennys Zipperlein. Das lag wohl daran, dass er selbst kaum krank war. Umso überraschender ereilte ihn sein Schlaganfall, den er nicht überlebte.
„Einverstanden?" Gregor katapultiert Henny in die Gegenwart zurück.
„Ja, super. Dann morgen um 10 Uhr. Ich muss jetzt los. Sophia und Emma warten."
„Okay, grüß die beiden von mir. Ich wünsche ihnen einen guten Flug." Gregor verschwindet aus der Einfahrt, sodass Henny mit ihrem Wagen rückwärts hinausrangieren kann.
Wenig später trifft sie vor dem Haus ihrer Tochter ein.
Sophia und Emma treten gerade mit dem Gepäck aus der Tür. Die Kleine winkt sofort, als sie Henny entdeckt.

„Da bist du ja endlich“, begrüßt Sophia sie. „Zehn Minuten zu spät.“
„Entschuldige bitte. Gregor von nebenan hat mich aufgehalten.“
„Was wollte der denn von dir?“ Sophias Stimme klingt ungeduldig, aber Henny schiebt das auf die Nervosität. Schließlich liegt eine lange Reise vor ihrer Tochter. Mit einem Kind wird das bestimmt strapaziös. Emma ist noch nie zuvor geflogen. Jetzt kommt eine Bewährungsprobe in der Luft auf sie zu. „Nichts Besonderes“, wiegelt Henny ab. „Er hat mich nur freundlich gegrüßt.“ Von ihrem gemeinsamen Frühstück erzählt Henny lieber nichts. Sophia könnte es falsch interpretieren. Seit der Geschichte mit Gregors Frau hegt sie Vorurteile gegen ihn.
Nachdem Henny Emma in den Kindersitz auf der Rücksitzbank verfrachtet hat, düst sie endlich los. Die verquatschten zehn Minuten mit Gregor muss sie aufholen. Um sich von ihrer Trauer abzulenken, beginnt sie mit Smalltalk. „Holt Vince euch vom Flughafen ab?“
„Ja, wenn die Maschine keine Verspätung hat. Vince darf sich nicht unbegrenzt freinehmen.“
„Und was machst du in dem Fall?“
„Ach, Mama, du denkst schon wieder über ungelegte Eier nach. Schon mal etwas von einem Taxi gehört? Ich vermute, die gibt es auch in Australien.“
„Aber nach so einer langen Anreise muss sich Vince doch um euch beide kümmern. Allein der Jetlag wird euch zusetzen. Wo wohnt ihr überhaupt?“ Bisher hat Henny es tatsächlich nicht die Bohne interessiert, wie und wo Vince in Perth lebt.
Dementsprechend mürrisch reagiert Sophia: „Vince hat normalerweise ein Zimmer in einer privaten Unterkunft. Für die nächsten zwei Wochen ist aber ein Haus für uns alle angemietet, damit wir die Feiertage ganz allein genießen.“
Wie aufs Stichwort schleicht sich ein großer Semmelknödel in Hennys Hals. Der Tränenkanal gerät in

Alarmbereitschaft. Bloß nicht heulen. Zum Glück muss sich Henny konzentrieren, um die richtige Abfahrt zum Terminal zu erwischen. Wie vom Universum geschickt, ergattert sie einen Kurzzeitparkplatz in unmittelbarer Nähe des Eingangs.
„Du brauchst nicht mit zum Check-In, Mama. Ich weiß, was in dir vorgeht“, äußert Sophia plötzlich rücksichtsvoll. „Es ist leichter, wenn wir uns hier voneinander verabschieden.“
„Wie du meinst“, flüstert Henny, die immer noch nach Luft ringt. Ihr ist alles egal. Hauptsache, sie weint nicht vor den Augen von Emma.
Während Sophia einen Gepäckwagen holt, hält Henny ihre Enkelin in den Armen. „Vergiss die Omi nicht. Wir telefonieren, okay?“
„Kommst du nicht mit?“, fragt Emma und schlingt die Ärmchen um Hennys Hals.
„Nein, wir sehen uns bald wieder. Jetzt hast du erst einmal eine schöne Zeit mit deinem Papa.“
Sophias Rückkehr mit dem Wagen rettet Henny vor einem Weinkrampf. Warum stellt sie sich so an? Es handelt sich schließlich um keinen Abschied für immer. Mit Mühe reißt sie sich zusammen und kramt die Stofftasche mit den Geschenken aus der hintersten Ecke des Kofferraums. „Hier, das ist für euch zu Weihnachten. Damit ich ein bisschen mit dabei bin.“
Sophia verzieht das Gesicht, als sie die Tasche sieht, aus der die Päckchen hervorschauen. „Mama, wie soll ich die denn mitschleppen?“, kommt es vorwurfsvoll aus ihrem Mund. „Das ist ganz lieb, aber die musst du wieder mit nach Hause nehmen.“
„Wie dumm von mir“, haucht Henny mit erstickter Stimme. „Ich wollte euch nur eine Freude zu Weihnachten machen.“
Spontan umarmt ihre Tochter Henny. „Das weiß ich, Mama. Hast du ein kleines Päckchen für Emma? Das nehme ich im Handgepäck mit. Über die anderen

Geschenke freuen wir uns nach unserer Rückkehr."
Was bleibt Henny anderes übrig, als sich damit zufrieden zu geben? Sie zieht das verpackte Schutzengel-Püppchen aus Stoff aus der Tüte. „Wenn Emma quengelt, darfst du ihr das auch schon im Flugzeug geben."
„Danke, bitte sei nicht böse, dass ich nicht mehr einstecken kann."
„Bin ich nicht. Jetzt beeilt euch. Sag mir bitte sofort nach eurer Ankunft in Perth Bescheid."
„Mach ich."
Eine kurze Kuss-Umarmungs-Aktion folgt. Henny winkt noch einmal, kurz bevor Tochter und Enkelin in der Drehtür der Abflughalle verschwinden.
Keine Sekunde länger, bis sich die Schleusen öffnen. Henny lässt ihren Tränen im Auto sitzend freien Lauf. Wie lange sie so verharrt, ist ihr nicht bewusst, als eine Politesse an die Scheibe klopft. Was hat Henny verbrochen?
„Guten Morgen. Sie haben die erlaubte Kurzparkzeit überschritten und müssen ein Bußgeld zahlen. Bar oder mit Karte?" Offenbar erkennt die Beamtin durch das geöffnete Fenster erst jetzt Hennys desolaten Zustand. „Ist Ihnen nicht gut? Soll ich einen Arzt rufen?"
„Nein, mir fehlt nichts. Es ist der Abschiedsschmerz. Meine Tochter und meine Enkelin fliegen über Weihnachten nach Australien."
„Oh je, das tut mir leid. Dann drücke ich ausnahmsweise ein Auge zu, wenn sie unverzüglich den Platz mit ihrem Auto räumen."
„Danke, das ist sehr großzügig von Ihnen." Ehe sich Henny versieht, ist die verständnisvolle Polizistin weitergelaufen. Glück gehabt.
Wieder zuhause verstaut Henny die Geschenke für ihre Lieben in der Besenkammer. Vorläufig verdrängt sie den Gedanken an Weihnachten und konzentriert sich auf die Reinigung der unteren Etage für den Besuch von Gregor. Es folgt eine intensive Staubsaugeraktion, der auch die Spinnweben unter den Zimmerdecken zum Opfer fallen.

Sophia hat Henny schon häufiger zu einer Putzhilfe geraten, um den Rücken zu schonen. Eine wildfremde Person im Haus ist Henny jedoch zuwider. Sie fürchtet um die wertvollen Meißner-Porzellan-Figuren, sowie um die antiken Vasen. Was nutzt es, wenn Reinigungspersonal zwar für Schäden versichert ist, aber diese Stücke einzigartig und nicht mit Geld zu ersetzen sind? Daher verzichtet Henny lieber auf Hilfe und nimmt das ein oder andere Staubkorn in Kauf.

Unterstützung erhält sie ohnehin von Sophia und Vince im Garten, wenn es ums Rasenmähen oder Heckeschneiden geht. Auch Gregor hat sich mehrfach angeboten, handwerkliche Arbeiten zu verrichten. Bisher hat sich Henny nicht getraut, sein Angebot zu beanspruchen. Scheut sie sich vor einer eventuellen Gegenleistung? Ihr Unterbewusstsein suggeriert ihr, keinen anderen Mann als Hubert in ihr Leben zu lassen. Dabei gesteht sich Henny ein, Gregor durchaus attraktiv zu finden. Er präsentiert sich stets gepflegt, ist sportlich und offensichtlich unternehmungslustig. Außerdem kümmert er sich rührend um seine Familie. Wenn Henny aus dem Küchenfenster schaut, beobachtet sie ihn manchmal mit seinen Enkeln, die er in sein Auto lädt, um sie mit Musikinstrumenten oder Sporttaschen irgendwo hinzufahren. Ob Thomas und seine Frau Gregors Engagement zu schätzen wissen? Sie hat keine Ahnung, wie es bei ihren Nachbarn abläuft. Es geht Henny auch nichts an.

Nach dem Staubsaugen benötigt sie eine Verschnaufpause. Der Rücken schmerzt. Dehnübungen wären das richtige Mittel dagegen. Allein den Schweinehund gilt es zu überlisten, was Henny nicht gelingt. Stattdessen öffnet sie eine der zahlreichen Keksdosen und knabbert an einem Bethmännchen. Es handelt sich um Kugeln aus feinstem Marzipanteig. Diese Sorte zählt zu ihren Lieblingsplätzchen, während Emma das Spritzgebäck mit den bunten Liebesperlen bevorzugt. Die Enkelin nennt sie Prinzessinnen-Kekse, weil sie so schön glitzern.

Der restliche Tag gestaltet sich für Henny zäh. Auf dem Bildschirm verfolgt sie die Flugroute per Flight-Radar-Plattform zunächst nach Singapur, dann über Bangkok nach Perth. Auf ihr Drängen hat Sophia die gesamten Flugnummern herausgerückt, sodass Henny stets weiß, wo sich ihre Lieben gerade befinden. Einerseits beruhigt es sie, andererseits flößt es ihr Angst ein, wie sich Sophia und Emma immer weiter von der Heimat entfernen. Erst am nächsten Abend wird Henny Gewissheit erlangen, ob alles geklappt hat. Der Zeitunterschied von sieben Stunden zwischen Australien und Deutschland erschwert zudem das Telefonieren. Es bleibt, sich auf WhatsApp-Nachrichten weitestgehend zu beschränken.
Zur Ablenkung deckt Henny für den nächsten Tag bereits den Frühstückstisch im Esszimmer. Dazu legt sie extra die weiße Damastdecke auf, die sonst nur zu besonderen Anlässen aus dem Schrank geholt wird. Das Bügeln nach dem Waschen stellt sich nämlich als sehr zeitaufwändig dar. Die passenden Servietten faltet Henny zu Fächern. Sie fasst sich bei der Betrachtung ihres Werkes an den Kopf. Die Dekoration des Tisches lässt eher auf ein Dinner-for-two schließen als auf ein belangloses Frühstück. Ist sie von allen guten Geistern verlassen? Was soll Gregor sich dabei denken? Die goldenen Platzteller entfernt Henny daraufhin. Das wirkt zu übertrieben.
Wehmütig schweift ihr Blick durch den angrenzenden Wohnraum. Bereits eine Woche vor Adventsbeginn hatte Henny ihn weihnachtlich geschmückt. Die Krippe aus dem Nachlass ihrer Eltern sticht als besonderes Prachtexemplar ins Auge. In den vergangenen beiden Jahren blieb sie vorsichtshalber in ihrer speziell gebauten Kiste im Keller aus Sorge, Emma würde sich auf die geschnitzten Figuren stürzen. Inzwischen begreift das Mädchen, dass sie nur zum Anschauen und nicht zum Spielen dienen.
Aus einem Impuls heraus möchte Henny die Dekorationsstücke alle wieder verpacken. Wen sollen sie erfreuen? Ohne Weihnachten mit der Familie machen sie

keinen Sinn mehr. Wegen Gregors Besuch verschiebt Henny ihr Vorhaben. Er soll nicht auf die Idee kommen, dass sie allein keine Feierkultur pflegt.
Bis nach Mitternacht klebt Henny am Bildschirm und beobachtet auf der Radarplattform das Flugzeug mit Sophia und Emma an Bord. Mittlerweile sind sie unterwegs von Singapur nach Bangkok. Wie es den beiden wohl geht?

♥♥♥

Henny benötigt keinen Wecker. Der bevorstehende Besuch von Gregor lässt sie vorzeitig erwachen. Fast fühlt sie sich wie vor einem Date. Dabei liegt das letzte über dreißig Jahre zurück, und sie weiß gar nicht mehr, was sie damals bei Hubert empfunden hat. War sie aufgeregt? Jedenfalls spürt sie heute komischerweise einen erhöhten Pulsschlag. Vielleicht hat ihre innere Unruhe damit zu tun, ob Sophia und Emma gut in Perth landen. Daher ist die erste Amtshandlung das Hochfahren des PCs. Der Link ist schnell geöffnet, in dem Henny den Flieger gespeichert hat. Eine kurze Distanz von Bangkok nach Perth ist bereits geschafft. Lange muss Henny also nicht mehr bangen. Bis dahin wird Gregor ihr die Zeit vertreiben.
Pünktlich zur verabredeten Stunde erscheint der Nachbar mit der Semmeltüte in der einen Hand und in der anderen mit einer Flasche. „Hallo, Henny, danke für deine Einladung. Der Prosecco kommt direkt aus dem Kühlschrank. Soll ich ihn gleich köpfen?“
Irritiert nimmt Henny die Flasche entgegen. „Gibt es etwas zu feiern? So früh am Morgen trinke ich normalerweise keinen Alkohol. Komm erst einmal rein.“
Henny stellt das Mitbringsel zunächst in der Küche ab und bittet Gregor, im Esszimmer Platz zu nehmen.
„Wow, das sieht ja toll aus“, schmeichelt Gregor. „Ich bin schon lange nicht mehr von einer Frau verwöhnt worden.“
Gegen ihren Willen errötet Henny. „Ich hoffe, die Crêpes

schmecken dir. Du darfst eine Füllung wählen. Es gibt eine Quarkcreme oder Kirschragout."
„Am liebsten probiere ich beides." Gregor lacht und schüttet ihnen ungebeten aus der Warmhaltekanne Kaffee in die Tassen.
Nachdem sie ausgiebig geschlemmt haben, kehrt Gregor zu der mitgebrachten Flasche zurück. „Wo hast du Gläser? Bevor der Prosecco endgültig warm wird, sollten wir anstoßen."
„Gibt es einen besonderen Anlass?", fragt Henny skeptisch. Sie hat schon die ganze Zeit den Eindruck, dass Gregors Fröhlichkeit aufgesetzt wirkt. Irgendetwas scheint ihn zu belasten.
„Einen Grund zum Anstoßen brauchen wir beide doch nicht. Wir haben keine Verpflichtungen und können uns einfach etwas gönnen."
Henny traut dem Braten nicht, holt aber zwei Gläser aus der Vitrine, die Gregor mit der prickelnden Flüssigkeit füllt.
„Was hast du angestellt?", ermittelt sie aus dem Bauch heraus.
„Ich fahre zu Weihnachten nicht mit nach Salzburg zu Thomas' Schwiegereltern."
Erstaunt reißt Henny die Augen auf. „Wieso nicht?"
„Um die Wahrheit zu sagen: ich fühle mich dort völlig überflüssig. Ich mag keinen Hasenbraten zum Heiligen Abend und keinen Rote-Beete-Salat zum 1. Feiertag. Die Themen über Fußball und dass die Ösis alles besser können als die Piefkes, öden mich an. Es wird mir im Übrigen guttun, mich mal von dem Familientrubel zu erholen."
„Du wolltest zum Skilaufen", argumentiert Henny.
„Das kann ich hier viel besser. Außerdem sind die Pisten zur Weihnachtszeit hoffnungslos überfüllt."
Henny spürt, dass Gregor noch etwas anderes auf dem Herzen hat. „Was hast du stattdessen vor?"
„Hm ... ich weiß nicht, wo ich anfangen soll."

„Am besten von vorne“, entgleitet es Hennys Lippen.
„Also, ich tummele mich ab und zu auf der Plattform Travel & Date herum.“
Henny versteht nur Bahnhof. „Was ist das?“
„Es handelt sich um einen virtuellen Treffpunkt für Menschen, die andere für gemeinsame Aktivitäten suchen. Ich habe darüber zum Beispiel im Sommer neue Golfpartner gefunden.“
„Aha, und jetzt hast du einsame Leute für den Weihnachtsabend zusammengetrommelt und willst mich fragen, ob ich teilnehmen möchte?“ Allmählich entspannen sich Hennys Gesichtszüge. Gregor eröffnet ihr gerade eine neue Perspektive für die Feiertage.
Seine Mimik verfinstert sich allerdings. Bevor er weiterspricht, leert er sein Glas vollständig und schenkt sich nach. „Ich habe wahrscheinlich großen Mist gebaut, und du wirst mich gleich lünchen.“
Beim besten Willen kann Henny sich nicht vorstellen, was Gregor meint. Hat er sie zum Weihnachtsessen bei einem Nudistenclub angemeldet? „Jetzt spann mich nicht auf die Folter.“
„Travel & Date bietet diverse Möglichkeiten an. Unter anderem gibt es eine Rubrik mit außergewöhnlichen Jobangeboten in aller Welt.“
„Sag bloß, du hast einen in Australien als Schlangenbeschwörer angenommen?“ Henny kichert leicht beschwipst, denn der Alkohol entfaltet seine Wirkung.
„Nein, nicht ganz so weit. Ich habe mich als Leihopa auf Norderney beworben.“
„Willst du mich veräppeln? Du hast drei Enkelkinder.“ Henny glaubt an einen Scherz. „Das musst du mir genauer erklären.“
„Ein Ehepaar verbringt dort mit seinem Nachwuchs in ihrem Ferienhaus den Weihnachtsurlaub. Es wird der letzte sein, denn das Anwesen steht zum Verkauf. Während ihres Aufenthalts erwarten sie mehrere Interessenten. Um den Kindern trotzdem eine schöne Zeit zu bescheren,

suchen sie Leihgroßeltern zur Betreuung."
„Haben sie keine eigenen?", hakt Henny nach.
„Keine Ahnung. Die näheren Umstände kenne ich nicht. Womöglich gibt es keine Großeltern mehr, oder sie sind nicht in der Lage, mit nach Norderney zu reisen."
„Dann wünsche ich dir viel Spaß." Bei Henny kehrt mit einem Mal die Ernüchterung zurück. Gregor hat ganz andere Pläne, als mit Henny den Weihnachtsabend zu verbringen. Sie wird umgehend eines Bessern belehrt.
„Großeltern bestehen aus zwei Personen. Ich habe dich als potenzielle Oma ausgegeben."
Endlich hat es Gregor geschafft, Henny zu verblüffen. „Du hast was?"
„Dich und mich gemeinsam angepriesen."
„Bist du übergeschnappt?", poltert Henny los. „Wie kommst du darauf, dass ich solch einen Blödsinn mitmache?"
„Weil du sonst ganz allein unter dem Christbaum sitzt und Trübsal bläst."
„Das gibt dir nicht das Recht, über mich zu verfügen." Henny ist wirklich fassungslos.
Gregor setzt eine zerknirschte Miene auf. „Ich bin übers Ziel hinausgeschossen. Es tut mir leid. Ich bildete mir ein Abenteuer ein, das wir beide zusammen erleben. Haben wir nicht ein bisschen Spaß verdient? Etwas Verrücktes zu tun, ist kein Verbrechen. Warst du schon mal auf Norderney?"
Henny verneint.
„Siehst du. Wir lernen eine neue Umgebung kennen. Der Tapetenwechsel wird uns guttun. Mit den Gören werden wir fertig. Viola hat mir versichert, dass Louise und Luca total pflegeleicht sind."
„Viola?"
„Ja, Viola und Tobias. So heißt das Paar, das den Job anbietet."
„Demnach hast du ihnen zugesagt, ohne mich vorher einzubeziehen?" Henny glaubt es kaum.

„Ich habe unsere Hilfe erst einmal in Aussicht gestellt. Bis heute Abend soll ich ihnen endgültig Bescheid geben."
„Du hast die Leute belogen. Wir sind kein Ehepaar."
„Nein, habe ich nicht. In der Anzeige stand nicht, dass wir beide verheiratet sein müssen."
„Deswegen wird die Sache nicht besser. Ich teile kein Zimmer und erst recht kein Bett mit dir."
Gregor macht eine wegwerfende Handbewegung. „Das ist bereits geklärt, indem ich behauptet habe, Starkschnarcher zu sein. Das Ferienhaus verfügt über mehrere Schlafzimmer. Jeder von uns erhält ein eigenes."
„Ich bin seit Jahren nicht mehr verreist", beharrt Henny auf ihrer Argumentation, schmunzelt jedoch in sich hinein. Dass sich Gregor sogar wegen ihr als Schnarcher outet, amüsiert sie.
„Dann wird es Zeit, dass du wieder mobil wirst. Wer rastet, der rostet, ist ein altes Sprichwort. Gib dir einen Ruck und begleite mich."
„Du bist sehr hartnäckig. Außerdem muss ich bei Sophia die Blumen gießen."
„Dafür finden wir eine Lösung."
Insgeheim imponiert es Henny, dass Gregor nicht locker lässt. Es scheint ihm viel daran zu liegen, mit ihr ein Abenteuer zu teilen. Hin- und hergerissen bittet sie schließlich um Bedenkzeit.
„Die sollst du haben. Meine Hoffnung stirbt zuletzt."
„Wann beginnt der Job überhaupt?" Gregor hat Henny derartig überrumpelt, dass sie gar nicht klar denkt.
„Die Einzelheiten verrät Viola mir, wenn ich zusage. Uns wird natürlich alles erstattet, angefangen von den Reisekosten, Verpflegung und ein Gehalt für das Babysitting."
„Babysitting? Wie alt sind die Kinder denn?"
„Es handelt sich um ein Zwillingspärchen von zehn Jahren. Also sind sie den Windeln entwachsen."
„Was passiert, wenn uns die beiden nicht mögen und uns auf der Nase herumtanzen? Du kennst dich mit dem Alter

aufgrund deiner Enkelsöhne aus, aber ich bin an die sanfte Emma gewöhnt, die aufs Wort gehorcht.“ So leicht ist Henny nicht gewillt, Gregors Eigenmächtigkeit zu legalisieren.
„Du denkst zu viel nach. Die Eltern von Louise und Luca sind anwesend und werden eingreifen, wenn die Kinder nicht parieren. Wir sollen sie nicht erziehen, sondern etwas mit ihnen unternehmen, wenn potenzielle Käufer das Haus stürmen.“
Henny merkt Gregor an, dass ihm allmählich die Argumente fehlen. Das geschieht ihm recht. Sie quält ihn weiter: „Ich teile deine Euphorie nicht. Der Job hört sich auf den ersten Blick problemlos an. Wo ist der Haken? Sicher gibt es vor Ort Betreuungspersonen, die die Familie engagieren könnte. Warum interessieren sie sich für uns? Wir wohnen genau am entgegensetzten Zipfel von Deutschland.“
„Vielleicht sollen wir Louise und Luca die bayerische Sprache beibringen.“ Endlich schafft es Gregor, Henny ein Lächeln zu entlocken.
„Erzähl mir keinen Quatsch. Gerade du hast bei Thomas immer Wert auf Hochdeutsch gelegt.“
„Dafür hat er sich ganz allein entschieden. Seine Mutter hat ja auch Dialekt mit ihm geredet. Ich breche jetzt auf und harre zuhause deiner Entscheidung. Wie gesagt, muss ich heute Abend der Familie Bescheid geben.“
„Was meinen denn Thomas und Frauke dazu?“
„Denen habe ich bisher nichts gebeichtet. Sie akzeptieren, dass ich nicht mit nach Salzburg will. Besonders enttäuscht waren sie nicht darüber. Ich habe ihnen vorgegaukelt, zusammen mit Freunden im Golf-Club zu feiern. Tatsächlich glauben sie mir das.“
Henny gibt sich vorläufig geschlagen. Sie entlässt Gregor mit dem Versprechen nach Hause, sich spätestens bis zum Nachmittag zu melden.
Als sie den Frühstückstisch abräumt, realisiert sie erst die verrückte Idee, mit Gregor zwei Wochen Abenteuerurlaub

auf Norderney zu verbringen. Ist sie mutig genug, um ihm keinen Korb zu geben? Was riskiert sie? Im Grunde nichts. Henny war noch nie am Wattenmeer. Hubert zog es immer in den Süden nach Italien oder Kroatien. Von Deutschland kennt Henny nicht viel. Die Weißwurstgrenze hat sie nie überquert. Wird es nicht Zeit, neue Dinge zu entdecken, und sich selbst noch einmal herauszufordern? Auf was wartet Henny? Sie wird nicht jünger.

♥

KAPITEL 4

Endlich beobachtet Henny am PC die Landung der Maschine in Perth. Eine halbe Stunde später erhält sie die erlösende Nachricht von Sophia, dass sie die Reise gut überstanden haben. Vince war pünktlich zur Stelle und die Wiedersehensfreude groß. Per WhatsApp schickt Sophia ein Foto von Emma, die ihre Ärmchen um ihren Vater schlingt. Henny ist gerührt. Es geht nichts über die Familie. Wie gern wäre sie jetzt bei ihr. Stattdessen hadert sie mit Gregors Trip nach Norderney. Auf der einen Seite reizt sie die Abwechslung, auf der anderen Seite scheut sie sich vor der Veränderung. Ohne Hubert ist Henny bedeutend ängstlicher geworden. Kann sie Gregor vertrauen? Im Grunde kennt sie ihn nur als freundlichen Nachbarn. Was hinter seiner Fassade steckt, hat sie bisher nicht interessiert. Seine Familie macht einen normalen, harmonischen Eindruck. Immerhin leben bei ihm drei Generationen unter einem Dach. Thomas und seine Frau würden Gregor bestimmt nicht dulden, wenn er ein komplizierter Mensch wäre.
Henny wägt Vor- und Nachteile ab. Es graust ihr, die Feiertage allein zu sein. Selbst wenn sie bei der Tafel hilft, sind das wenige Stunden, die sie beschäftigen. Was tut sie die übrige Zeit? Die Antwort weiß allein der Wind, der plötzlich ums Haus fegt. Die Fensterläden klappern. Längst hätte sie Henny richten lassen müssen, denn ihr Holz hat sich über die vielen Jahre verzogen. Da Henny nicht gern Handwerker beauftragt, schiebt sie die Reparatur immer wieder hinaus. Es fehlt diesbezüglich der Mann im Haus. Obwohl Vince aufgrund seines Berufes

entsprechende Kontakte zu Fachleuten hat, kümmert er sich nicht darum. Jetzt in Australien hat er natürlich ein Alibi. Henny nimmt sich vor, ihn nach seiner Rückkehr um Hilfe zu bitten.

In ihre Überlegungen platzt das Schrillen des Festnetz-Telefons. Sofort eilt Henny hin in der Annahme, es wäre Sophia. Fehlanzeige.

Gregor meldet sich: „Entschuldige die Störung. Ich möchte wissen, ob du eine Entscheidung getroffen hast? Viola hat eben nachgefragt, und ich habe sie vertröstet. Lange kann ich sie nicht mehr hinhalten."

„Hm ... die Blumen bei Sophia und bei mir gießen sich nicht von allein. Ich habe es ihr versprochen", bäumt sich Henny erneut auf.

„Wir haben einen Hausmeisterdienst dafür engagiert. Ich frage ihn, ob er Sophias und dein Haus mitbetreut."

„Ob ihr das recht ist?", äußert Henny ihre Bedenken.

„Wieso nicht? Hauptsache, die Blumen überleben. Sonst frag sie einfach. Wie ich deine Tochter einschätze, hat sie nichts dagegen, wenn du dafür Weihnachten nicht allein bist."

„Auf keinen Fall. Ich möchte, dass Sophia eine unbeschwerte Zeit mit Emma und Vince verbringt. Sie darf sich nicht um mich sorgen."

„Lass mich nicht im Stich und sag einfach *Ja*."

„Okay, hoffentlich bereue ich es nicht." Ein Magengrummeln bei Henny bleibt.

„Super. Ich freue mich. Du brauchst dich um nichts weiter zu kümmern. Ich organisiere die Anreise und bespreche alles mit Viola." Gregors Stimme hört sich erleichtert an.

„Will sie nicht vorher mit mir reden? Über mich weiß sie gar nichts", wendet Henny ein.

„Wozu? Mich gibt es nur im Doppelpack mit dir. Ich habe ihr ein wenig von dir erzählt."

„Was denn?"

„Dass wir jede Menge Enkel haben und dementsprechend über viel Erfahrung im Umgang mit Kindern verfügen."

„Das ist glatt gelogen. Es trifft auf dich zu, nicht auf mich."
„Egal, wir bilden eine Einheit. Du kennst dich mit Mädchen aus, ich mit Jungen. Sollte das Wetter auf Norderney mitspielen, bringe ich Luca Golf bei. Das funktioniert sogar im Winter", schwärmt Gregor. „Ich habe den Club gleich gegoogelt. Es handelt sich um den ältesten Dünengolfplatz Deutschlands."
Na, toll. Henny sieht sich schon allein mit Louise beim Strandspaziergang, während Gregor mit Luca stundenlang die kleinen Bälle schlägt. So hat sich das Henny nicht ausgemalt. Gerade als sie zu einem Protest ausholt, bricht Gregor das Gespräch ab. „Du, Viola ruft gerade auf dem Handy an. Ich melde mich später." Schon ist er aus der Leitung verschwunden, ohne dass Henny den Hauch einer Chance zum Widerspruch erhält. Ab sofort sitzt sie mit im Norderney-Boot. Vorfreude stellt sich indes nicht ein. Vielmehr beschleicht Henny eine Vorahnung, dass die Reise kein bequemer Seniorentrip wird. Hoffentlich begeht sie keinen riesigen Fehler mit ihrer Zusage. Jetzt ist es zu spät. Mitgehangen, mitgefangen.
Wann bequemt sich Gregor überhaupt, ihr die ganzen Einzelheiten mitzuteilen? Fliegen sie oder nehmen sie den Zug? Wie lange dauert der Auftrag, die Kinder zu beaufsichtigen? Alles Fragen, auf die Henny eine Antwort benötigt, um zu planen.
Sich in Geduld zu üben, fällt ihr schwer. Deshalb greift sie nach einer Stunde zum Telefon und bittet Gregor, mit allen Informationen zu ihr zu kommen.
Er tut ihr den Gefallen und steht nach dem Abendessen vor ihrer Tür.
Sie bittet ihn ins Wohnzimmer, wo im Kamin ein Feuer eine gemütliche Atmosphäre kreiert. Henny fackelt nicht lange: „Ich möchte alles ganz genau wissen, was Norderney betrifft."
„Du weißt alle wesentlichen Dinge. Wir starten übermorgen. Ich arrangiere alles. Wir sollen bis Neujahr

bleiben. Es ist dir hoffentlich recht, wenn wir Silvester auf der Insel verleben."
„Ich habe nichts anderes vor", gibt Henny kleinlaut zu. „Besorgst du die Zugfahrkarten?"
„Ja, ich erledige alles, was mit der Reise zu tun hat", verspricht Gregor. „Du wirst sehen, wir haben eine super Zeit zusammen."
Es fühlt sich für Henny komisch an, mit einem anderen Mann als Hubert zu verreisen. Zwar sind sie nicht als Paar unterwegs, aber trotzdem werden sie nach außen so wirken. Ob sich Henny mit ihrem erzwungenen Mut zu weit aus dem Fenster lehnt?
„Du zweifelst wieder. Ich merke es dir an." Gregor schmunzelt. „Du wirst mir mal dankbar sein, dich überredet zu haben."
„Wir werden sehen. Magst du etwas trinken?", bietet Henny ihm an, um ihre Enttarnung zu überspielen. Sie ist es nicht mehr gewohnt, dass ihr jemand auf den Kopf zusagt, wie sie sich fühlt.
„Danke, aber ich muss rüber. Thomas und Frauke starten morgen mit den Kindern nach Salzburg, und es gibt einige Dinge zu klären. Ich melde mich bei dir, sobald ich die Zugdaten habe. Am besten bestellen wir uns ein Taxi zum Bahnhof."
„In Ordnung. Wann kommt der Hausmeisterservice vorbei? Er braucht die Schlüssel von Sophias Haus."
„Der hat sich für morgen Nachmittag bei mir angekündigt. Ich schicke ihn danach zu dir."
„Das ist nett. Normalerweise habe ich nicht gern fremde Menschen im Haus, wenn ich nicht da bin."
„Wir stellen bei uns normalerweise die Pflanzen alle in einen Raum und schließen unsere Zimmer teilweise ab. Das kannst du ebenso machen. Die Leute sind froh, wenn sie nicht überall nachsehen müssen."
„Okay, das hört sich nach einer guten Lösung an." Henny ist erleichtert. Bei Sophia im Haus wird sie es genauso handhaben.

Nachdem Gregor gegangen ist, schaut Henny ihre Sachen durch, die sie unbedingt einpacken möchte. Einige sollten vorher gewaschen werden. Sie stürzt sich plötzlich unternehmungslustig in die Vorbereitungen. Die meisten Keksdosen wandern zur Tafel, und einige wird sie mit nach Norderney nehmen. Vielleicht kann sie sich damit sofort die Gunst der Kinder erschleichen. Außerdem dienen sie als Proviant auf der langen Reise. Wahrscheinlich müssen sie mehrmals umsteigen. Folglich sollte das Gepäck nicht allzu sperrig sein. Mehr als ein Rollkoffer und eine Tasche gehen nicht.
Während die Waschmaschine läuft, beschäftigt sich Henny mit Norderney. Wie die meisten Orte in Deutschland hat diese Insel eine eigene Website, auf der sie erste Eindrücke sammelt. Das Wattenmeer ist einzigartig auf der Welt, und Henny war nie dort. Es wird tatsächlich Zeit, mal eine andere Gegend kennenzulernen. Ob sie Sophia lieber von ihrem Trip erzählen soll? Wenn Henny etwas zustößt, weiß ihre Tochter nichts über ihren Aufenthaltsort. Auf der anderen Seite möchte sie Sophia nicht beunruhigen, weil sie von Gregor keine allzu gute Meinung hat. Die Entscheidung fällt, als das Telefon plötzlich klingelt. Zu Hennys Freude handelt es sich um Sophia:
„Hallo, Mama, ich möchte schnell deine Stimme hören. Ist alles okay bei dir?"
„Das frage ich dich. Ich bin nicht um die halbe Welt geflogen. Wie hat Emma es verkraftet?"
„Meist schlafend. Die Stewardessen und der Purser haben sich außerdem rührend um sie gekümmert. Emma wurde mit Süßigkeiten und Spielzeug überhäuft. Auch saß eine nette Dame in unserer Reihe, die Emma sofort ins Herz geschlossen hat. Sie war in deinem Alter und besucht in Perth ihre Schwester. So hatte ich Unterhaltung."
„Schön. Ich bin froh, dass ihr alles so gut bewältigt habt. Sicher ist Vince froh, euch bei sich zu haben", vermutet Henny.
„Ja, wir haben gerade gegessen, und Emma schläft mit

deinem kleinen Schutzengel im Arm."
Gegen ihren Willen schnieft Henny. Wenn es um ihre Enkelin geht, wird sie regelmäßig sentimental. Sie nimmt allen Mut zusammen und setzt an: „Ich muss dir etwas ..."
Es rauscht im Hörer. Das Gespräch ist unterbrochen, und Sophia meldet sich nicht erneut. Damit behält Henny ihr Geheimnis mit Norderney für sich. Es wird alles klappen. Im Nachhinein wird Sophia nicht böse sein. Darauf zählt Henny. Vielleicht ist ihre Tochter dann sogar stolz auf sie, sich endlich wieder aus dem Haus getraut zu haben.

♥♥♥

In der Nacht vor der Abfahrt schläft Henny schlecht. Das Reisefieber hat sie erwischt. Für 8 Uhr hat Gregor das Taxi zum Bahnhof bestellt. Bereits eine Stunde vorher sitzt Henny auf ihrem gepackten Koffer. Mit Mühe hat sie ihn geschlossen, denn er beherbergt drei Plätzchendosen. Über die anderen hat sich die Tafel, beziehungsweise haben sich deren Konsumenten gefreut.
Eine separate Tüte steckt in Hennys Handtasche als Wegzehrung für Gregor und sich.
Mit spannender Erwartung schaut sie aus dem Fenster auf die Straße. Zur verabredeten Stunde entdeckt sie kein Taxi weit und breit. Stattdessen beobachtet sie Gregor, wie er rückwärts mit seinem alten Käfer aus der Garage fährt. Will er sich das Geld für das Taxi sparen und mit dem eigenen Auto zum Bahnhof? Das macht kaum Sinn, weil die Parkgebühren für zwei Wochen höher sind. Plötzlich fährt Gregor mit seinem Oldtimer bei Henny vor und klingelt.
„Bist du bereit?", begrüßt er sie.
„Wieso? Unser Taxi ist gar nicht da."
„Es kommt keins. Ich habe keins bestellt."
Henny rollt mit den Augen. „Was hat das zu bedeuten? Fängst du an, am falschen Ende zu sparen? Ich dachte, wir erhalten die gesamten Kosten für die Reise erstattet. Lässt

du den Käfer am Bahnhof die ganze Zeit stehen?“
Gregors ernste Miene verrät nichts Gutes. „Hm ... die Lage ist eine andere. Es gab keine Zugtickets mehr. Wir düsen mit dem Auto nach Norderney.“
„Wie bitte? Du meinst in deinem alten Vehikel?“ Henny schreit die Fragen mehr raus. „Seit wann weißt du, dass die Züge ausgebucht sind?“
„Ähm, seit vorgestern.“
„Und erst jetzt beichtest du es mir?“ Erneut ist Henny fassungslos.
„Du hättest sofort abgesagt. Das wollte ich nicht riskieren“, rückt Gregor heraus und setzt einen Dackelblick auf.
Henny braust auf: „Allerdings. Ich werde nicht bei dir einsteigen. Du spinnst wirklich.“
Gregor versucht sein Bestes. „Das Auto ist viel praktischer. Kein Umsteigen, keine fremden Leute, keine Verspätung, die möglicherweise das Verpassen des Anschlusszuges nach sich zieht. Pausen, wann und wo wir wollen.“
„Dafür endlose Staus auf der Autobahn, Enge und mindestens eine Übernachtung“, kontert Henny. „Ich hasse Überrumpelungsmanöver. Du bist nicht fair. Mit meinen Rückenschmerzen kannst du das vergessen. Such dir eine andere Ersatzoma. Ich bleibe hier.“ Aus einem Affekt heraus schlägt Henny ihrem Nachbarn die Tür vor der Nase zu.
„Au“, hört sie ihn schreien und reißt sie wieder auf. Tatsächlich hat sie Gregor an der Nase getroffen, die blutet. „Oh, entschuldige. Das tut mir leid. Komm rein.“
Im Bad hält Gregor seinen Kopf in den Nacken, während Henny ihm die Nase mit einem nassen Lappen reinigt und mithilfe von Tamponagen den Blutfluss stoppt. „Das wollte ich nicht.“
„Ich habe es nicht anders verdient“, badet Gregor in Selbstmitleid. „Ich hätte dir die Wahrheit sagen müssen. Mein Wunsch, dich unbedingt mitzunehmen, war stärker.

Gib deinem Herzen einen Stoß. Du kannst mich mit der kaputten Nase nicht allein auf die Reise schicken."
Henny lacht. „Das hört sich so an, als hättest du sie absichtlich gegen die Tür gehalten, damit ich endlich nachgebe."
„Hat es denn geholfen?" Es klingt hoffnungsvoll und verzagt zugleich aus Gregors Mund.
„Okay, du hast gewonnen, aber erwarte nicht, dass ich dich am Steuer ablöse. Ich kann nicht mehr schalten. Seit über dreißig Jahren bin ich an Automatik gewöhnt."
„Keine Sorge. Ich fahre die ganze Strecke. Auf der Hälfte etwa übernachten wir."
„Wo ist das?"
„Nach Norderney sind es etwas über tausend Kilometer. Ich schätze bei Kassel."
„Ganz schön weit. Ich hoffe, dein Wagen hält das aus. Er ist ja nicht mehr der Jüngste."
„Dafür der Robusteste überhaupt. Er begleitet mich seit meiner Jugend."
„Wieso fahren wir nicht mit deiner Limousine?"
„Thomas und Frauke sind mit ihr unterwegs. Bei ihrem Auto haben sie den TÜV überschritten und wollten mit ihm nicht nach Österreich."
Henny stöhnt. „Und wir müssen das ausbaden, super."
„Wir meistern das trotzdem." Gregor neigt den Kopf nach vorne, nachdem Henny die Tamponage entfernt hat. Es blutet nichts mehr aus der Nase, nur gerötet ist sie.
„Im Grunde könnte sie gebrochen sein. Willst du nicht lieber zum Arzt", schlägt Henny plötzlich vor, weil sie Bedenken hat.
„Auf keinen Fall. Wir verschwinden, bevor du es dir anders überlegst." Gregor springt vom Stuhl auf und zieht Henny hinter sich her.
Zehn Minuten später starten sie zu ihrem ersten gemeinsamen Abenteuer.

♥

KAPITEL 5

Im Käfer ist es alles andere als bequem. Hennys Rücken schmerzt bereits nach den ersten einhundert Kilometern. Sie schweigt jedoch und beißt stattdessen die Zähne zusammen. Gregor soll sie nicht als wehleidig einstufen, zumal er ihr extra ein Kissen und eine Decke mitgenommen hat. Wenigstens funktioniert das Radio. Die Wettervorhersage hört sich nicht berauschend an. Es werden starke Schneefälle nördlich von Frankfurt angekündigt.

„Hat dein Auto überhaupt Winterreifen?", erkundigt sich Henny.

„Allwetterreifen. Die kommen mit jedem Untergrund klar", behauptet Gregor.

Henny traut dem Braten nicht: „Du fährst deinen Oldtimer sonst nur im Sommer."

„Glaubst du mir etwa nicht?"

„Ich habe keine Ahnung von der Bereifung eines Autos. Darum hat sich früher immer Hubert gekümmert. Mittlerweile erledigt das die Werkstatt für mich. Ich bin nicht in der Lage zu erkennen, um welches Profil es sich bei Reifen handelt."

„So ein alter Käfer hält viel aus. Einziges Handycap ist das Tanken. Er benötigt nämlich zum Benzin einen Schuss Blei, sonst geht der Motor kaputt. Außerdem ist die Reichweite des Tanks nicht sehr groß."

„Was heißt das genau?"

„Alle dreihundert Kilometer braucht er neuen Sprit."

„Wo nimmst du das Blei her?" Henny möchte am liebsten umdrehen.

„Ich habe genug dabei. Du grübelst zu viel nach. Ich habe alles im Griff."
Insgeheim bewundert Henny Gregors Gelassenheit. Nichts scheint ihn zu beunruhigen, sogar der vorhergesagte Schnee im Norden nicht. Sie dagegen beschleicht ein mulmiges Gefühl. Die erste Pause legen sie bereits bei Ingolstadt ein, weil ihre Blase drückt. Um Gregor die Wartezeit zu versüßen, drückt Henny ihm eine der Keksdosen in die Hand, die sie zuvor aus dem Koffer auf der Rücksitzbank deponiert hat.
„Oh, super Idee", bedankt er sich. „Ich werde inzwischen vorsichtshalber volltanken. Hast du einen Wunsch aus dem Shop? Etwas zu trinken?"
„Danke, aber ich habe zwei gefüllte Thermoskannen mit Kaffee dabei. Du darfst dich bedienen. Bis gleich." Henny schnappt ihre Handtasche und steigt aus. Ein kalter Wind schlägt ihr entgegen, als sie über den Parkplatz zu den Toiletten läuft. Die Schlange vor den Kabinen ist lang. Es herrscht bereits Weihnachtsverkehr. Viele sind auf dem Weg in den Urlaub oder zu ihren Lieben.
Oh nein. Henny entdeckt den erhöhten Preis für die Benutzung der Toilette. Das liegt daran, dass sie ewig nicht mehr irgendwo hingefahren ist. Dummerweise hat Henny nur die ursprünglichen 50 Cent statt der verlangten 70 Cent. Jetzt aus der Schlange herauszutreten, um einen Geldschein im Shop zu wechseln, erscheint ihr zu zeitaufwändig. Sie befragt die Frau vor ihr.
„Tut mir leid. Ich kann Ihnen leider nicht helfen."
Sie wendet sich an die Frau hinter ihr. Auch diese hat nur passendes Geld für sich selbst dabei.
Ungeahnte Hilfe kommt von einem jungen Mädchen am Ende der Reihe.
„Wenn Sie mich vorlassen, schenke ich Ihnen sogar die 20 Cent. Meine Blase platzt gleich."
Erleichtert stimmt Henny zu, was eine heftige Diskussion unter den Wartenden, die zwischen ihr und der Retterin stehen, auslöst.

„Noch eine vor mir, das halte ich nicht aus“, beschwert sich eine ältere Leidensgenossin. „Ich harre hier schon mindestens fünf Minuten aus.“
„Können Sie nicht vorher schauen, wie viel das hier kostet?“, schimpft eine andere mit Henny. „Mein Mann wird ungeduldig. Wir haben einige Hundert Kilometer vor uns.“
„Ach, glauben Sie, die Einzige zu sein, die heute irgendwo ankommen will?“, mischt sich ein Teenager ein.
Während die Weiber rumkeifen, winkt Henny die potenzielle Helferin zu sich, um auf den Deal einzugehen.
Einige Minuten später befindet sich Henny wieder draußen. Wo haben sie geparkt?
Neue Lastwagen versperren die Sicht auf das Gelände. Hat Gregor nicht gesagt, tanken zu wollen? Möglicherweise befindet er sich an der Zapfsäule.
Hennys Augen schweifen von Auto zu Auto, aber Gregors Käfer ist nicht darunter. Demnach hat er sich einen anderen Parkplatz gesucht.
Es bleibt Henny nichts anderes übrig, als seinen Standort über das Handy zu erfragen. Warum geht er nicht dran? Allmählich steigt bei Henny die Nervosität. Sie fröstelt stark. Ihre Steppjacke hatte sie beim Verlassen des Autos leichtsinnigerweise nicht angezogen. Die Heizung im Käfer lässt sich nämlich nicht regulieren und brennt entweder auf höchster Stufe oder gar nicht. Immerhin besser zu warm als zu kalt im Wageninneren.
Ratlos irrt Henny auf dem Parkplatz umher. Wo zum Teufel steckt Gregor? Der knallrote Käfer müsste außerdem aus den anderen farblosen Wagen hervorstechen.
Plötzlich taucht ein junger Typ neben ihr auf. „Hallo, Muttchen. Hast de dich verirrt? Du zitterst ja. Komm, ich bring dich erst einmal ins Restaurant. Vielleicht vermisst dich bereits jemand.“
Offenbar hält der bis unter die Haarwurzel tätowierte Mann Henny für eine verlorengegangene Verwirrte. Er

packt sie am Arm.
„Hey, lassen Sie mich gefälligst los, und nennen Sie mich nicht Muttchen“, protestiert Henny.
Verdutzt weicht der Mann einen Schritt zurück. „Ich will dir bloß helfen.“
„Okay, nett von Ihnen, aber ich kann klar denken und suche meinen Mitfahrer.“ Bewusst siezt Henny ihren fragwürdigen Helfer, weil sie es hasst, wenn jemand die Förmlichkeiten einfach aushebelt. Selbst wenn sie wirklich dement wäre, gibt es Fremden nicht das Recht, respektlos zu sein.
„Dann such mal weiter“, empfiehlt der Kerl unbelehrbar. Endlich wendet er sich ab und sucht das Weite.
Was nun? Erneut probiert Henny, Gregor auf dem Smartphone zu erreichen. Vergeblich. Ist er etwa abgehauen oder hat sie gar vergessen? Im Radio hat Henny dementsprechende Meldungen ab und zu gehört. Dabei ging es jedoch meist um Haustiere, die zurückgelassen wurden. Außerdem hat Gegror sie bestimmt nicht zum Mitreisen überredet, um sie gleich auf der ersten Raststätte auszusetzen. So gut glaubt Henny ihn einzuschätzen. Aber wer schaut letztendlich genau hinter die Fassade eines anderen Menschen? Ob der Unfall seiner Frau doch keiner war? Diesen Gedanken verbannt Henny sofort in ihre hinterste Gehirnschublade. Die Fantasie geht mit ihr durch. Die eisige Kälte vernebelt ihren Verstand. Es bleibt ihr nichts anderes, als es immer wieder per Telefon zu versuchen. Vergeblich.
Auf einmal beobachtet Henny einen langen Lkw, der aus seiner Parklücke rangiert. Wie durch ein Wunder wird etwas Rotes sichtbar, das durch ihn zuvor verdeckt war. Der Käfer? Henny huscht so schnell sie ihre Füße tragen dorthin. Tatsächlich hat sie Gregors Vehikel gefunden. Überglücklich will Henny die Beifahrertür aufreißen. Wieso ist sie verschlossen? Ein Klopfen an die Fensterscheibe nutzt nichts. Gregor reagiert nicht darauf. Deshalb bückt sich Henny und schaut ins Wageninnere.

Es ist merkwürdigerweise leer. Kein Nachbar zu sehen. Es ist wie verhext. Wahrscheinlich forscht Gregor nach Henny auf den Toiletten. Soll sie dahin zurückkehren? Womöglich verpassen sie sich dadurch. Henny beschließt, am Auto auszuharren, obwohl ihr die Erfrierung droht.
Plötzlich hört sie eine Stimme hinter sich: „Gehören sie zu dem Käfer?"
Henny dreht sich um. Die Frage kommt aus dem Fenster des benachbarten Autos. Eine Frau streckt ihren Kopf hinaus.
„Ja, mein Bekannter geht nicht ans Telefon. Ich war länger im Waschraum. Vielleicht sucht er mich. Haben Sie etwas beobachtet?"
„Leider nein. Ich bin erst vor Kurzem eingetroffen. Sie zittern ja. Wollen Sie sich nicht in mein Auto setzen, bis er zurückkommt? Mein Mann holt eine Kleinigkeit zu essen. Das dauert bestimmt eine Zeitlang."
Henny nimmt das Angebot dankend an, denn sie hält die Kälte kaum aus. Eilig nimmt sie neben ihrer Gönnerin Platz. Erst jetzt stellt sie fest, dass diese etwa ihr Alter besitzt.
„Das ist total nett von Ihnen, mir Unterschlupf zu gewähren", beginnt Henny mit Smalltalk."
„Kein Problem. Purer Eigennutz. Mir ist stinklangweilig. Sind Sie auf der Reise irgendwohin?"
„Ja, nach Norderney", gibt Henny freimütig preis. „Und Sie?"
„Wir haben es nicht ganz soweit. Unsere Tochter wohnt in Aschaffenburg. Wir verbringen Weihnachten mit ihr und unseren Enkeln."
„Ach, wie schön." Sofort denkt Henny an Emma. Was sie auf Norderney plant, verrät sie nicht. Zum Glück fragt die Frau nicht danach, sondern schnattert weiter: „Wir freuen uns so auf die gemeinsamen Tage."
„Sehen Sie Ihre Familie nicht so häufig?", fragt Henny nach.
„Nein, wir wohnen in Rosenheim. Unsere Tochter besucht

uns mit den Kindern normalerweise in den Weihnachtsferien, weil alle gern skilaufen. Leider ist das Jüngste an Windpocken erkrankt, und es ist eine Frage der Zeit, bis die Geschwister sich anstecken. Deshalb haben mein Mann und ich beschlossen, dieses Jahr zu ihnen zu fahren."

„Da wird sich Ihre Tochter über die Unterstützung freuen."

In diesem Moment fliegt die Beifahrertür auf, und Henny blickt in ein erstauntes Gesicht.

„Nanu, nehmen wir eine Anhalterin mit?"

„Nein", beeilt sich Henny zu erwidern. „Ich habe mich in Ihrem Auto ein wenig aufgewärmt." Sie macht Anstalten auszusteigen, aber der Mann hindert sie verbal daran. „Bleiben Sie ruhig hier, bis wir weiterfahren. Ich gehe solange auf die Rücksitzbank."

Verführerisch nach frischen Pommes riecht es aus seiner Tüte, die er wenig später öffnet und Henny unter die Nase hält. „Bedienen Sie sich. Ich habe ohnehin zu viel gekauft." Seiner Frau reicht er die Schachtel mit dem Burger.

Henny lehnt jedoch dankend ab. Ihr ist der Appetit vergangen. Sie will endlich aufbrechen. In diesem Augenblick klingelt ihr Handy. Hektisch nimmt sie den Anruf entgegen. „Wo steckst du?", dringt Gregors Stimme an ihr Ohr. „Ich habe dich überall gesucht."

„Und ich dich. Du bist nicht ans Telefon gegangen. Ich habe mehrfach bei dir angeläutet."

„Komisch. Ich habe nichts gehört. Soll ich dich irgendwo abholen?"

„Nicht nötig. Ich bin gleich bei dir." Längst hat Henny Gregor draußen neben seinem Käfer entdeckt.

Er staunt nicht schlecht, als Henny aus dem benachbarten Auto steigt, nachdem sie sich bei den Insassen fürs Aufwärmen bedankt und von ihnen verabschiedet hat.

„Was tust du in dem fremdem Wagen?", fragt Gregor sofort.

Henny erklärt ihm die Situation. Sofort schließt er ihr die Beifahrertür auf und wickelt sie in die mitgenommene Decke. „Du erfrierst mir sonst. Es tut mir wahnsinnig leid. Ich habe mein Handy wohl auf lautlos gestellt, ich Depp."
„Einsicht ist der erste Weg zur Besserung." Gregors Bedauern lässt Hennys Groll verfliegen. „Lass uns endlich abdüsen. Wir haben genug Zeit verloren."
„Ja, nichts wie weg. Bei der nächsten Rast sprechen wir uns eindeutiger ab, damit so etwas nicht mehr passiert."
Allmählich taut Hennys Körper unter der Decke und mit der Turboheizung auf. Eine Frage brennt ihr auf den Lippen: „Hast du überhaupt Zimmer für die Übernachtung für uns gebucht?"
„Klar, in einem Nest südlich von Kassel. Wenn wir nicht aufgehalten werden, schaffen wir die Strecke bis zum frühen Abend."
Henny vergewissert sich auf dem mobilen Navi, das an der Frontscheibe klebt. Tatsächlich zeigt es bis zum Ziel noch knappe fünf Stunden an, gemessen an der geringen Geschwindigkeit des Oldtimers. Tapfer beißt sie die Zähne zusammen, denn ihr Rücken droht durchzubrechen. Theoretisch müsste sie alle ein bis zwei Stunden aussteigen und sich strecken. Das verschweigt sie, weil die dauernde Unterbrechung der Fahrt zu viel Zeit kosten würde. Sie sehnt sich nach einem heißen Bad im Hotelzimmer und einer warmen Suppe.
Glücklicherweise entpuppt sich Gregor als amüsanter Plauderer, sodass die Stunden schnell vergehen. Er erzählt in erster Linie von seinen Enkelkindern und gibt zu, dass sie mitunter sehr anstrengend sind.
Manchmal wirft Henny ihre Erfahrung mit Emma dazwischen, hält sich aber ansonsten mit Familieninterna zurück. Im Laufe ihres Lebens hat Henny gelernt, nicht zu geschwätzig zu sein. Deshalb vertraut sie Menschen nicht mehr blind, wie sie es als Teenager getan hat. Niemals wird sie vergessen, wie ihre damals beste Freundin plötzlich den Jungen anbaggerte, den Henny anschmachtete. Ralf war

ein sogenannter Gastschüler. Sein Vater arbeitete befristet an einem Projekt am Königssee, weshalb Ralf und seine Mutter solange in Berchtesgaden wohnten. Hätte Henny ihrer Freundin bloß ihre Schwärmerei für Ralf nicht gebeichtet. Mit der Mädchenfreundschaft war es danach aus, auch wenn der Auserwählte gar nicht bei ihrer Freundin anbiss und nach einem halben Jahr ohnehin in seine alte Heimat zurückkehrte. Diese Erfahrung war Henny trotzdem eine Lehre.

Seltsamerweise erwähnt Gregor seine verstorbene Frau mit keiner Silbe. Hingegen mag Henny ihn nicht auf die Segeltragödie ansprechen, obwohl sie das Geschehen aus Gregors Perspektive interessiert. Ob er weiß, dass die Polizei damals bei Hubert und ihr nach der Ehe der beiden gefragt hat? Erzählt hat Henny es nie, da sie nicht in der Wunde stochern wollte. Womöglich ergibt sich auf der Reise die Gelegenheit, mehr darüber zu erfahren.

Etwa eine Stunde vor ihrem Etappenziel setzt Schneefall ein. Der Scheibenwischer quietscht und ächzt unter der Belastung.

„Die Dinger hätte ich austauschen müssen. Sie sind nur Sommer und ein bisschen Regen gewohnt“, äußert Gregor. „Hoffentlich halten sie dem nassen Schnee stand.“

„Vielleicht solltest du an der nächsten Tankstelle ein Paar kaufen.“ Henny mag sich das Szenario lieber nicht vorstellen, wenn sie ausfallen.

„Da muss ich dich enttäuschen. Solche bekomme ich höchstens im speziellen Online-Handel.“

„Dann hilft bloß ein Stoßgebet.“ Henny seufzt. „Hauptsache sie versagen bis zu unserer Unterkunft nicht. Morgen ist das Wetter vermutlich besser.“ Henny schreit auf einmal: „Fahr langsamer. Es staut sich.“

Offenbar hat Gregor die stockende Kolonne nicht bemerkt. Er bremst abrupt ab. Der Wagen kommt kurz vor der Stoßstange des Fahrzeugs vor ihnen zum Stehen.

„Das war verdammt knapp. Danke, dass du aufgepasst hast.“ Gregors Miene verrät sein Erschrecken. „Ich sollte nicht so viel reden. Das lenkt zu sehr ab." Gregor dreht am Knopf das Radio lauter. „Mal sehen, ob sie in den Verkehrsnachrichten den Stau melden. Dann können wir abschätzen, was er uns an Zeit kostet. Komisch, dass das Navi nichts anzeigt."

Tatsächlich wird die Beeinträchtigung wenig später durchgegeben. Aufgrund von starken Schneefällen kommen die Räumfahrzeuge nicht weiter. Teilweise ist die Autobahn nur einspurig freigegeben.

Henny stöhnt. „Das kann ja heiter werden. Wären wir bloß zuhause geblieben."

♥

KAPITEL 6

Bereits seit einer Stunde herrscht absoluter Stillstand auf der Autobahn.
Zunächst hat Gregor den Motor laufen lassen, damit die Heizung anbleibt. Auf Dauer kostet das nicht nur Benzin, sondern verpestet auch die Umwelt. Allmählich weicht die Wärme aus dem Auto.
Henny zieht sich ihre dicke Jacke an und tritt Gregor die Hälfte der Decke ab. Wie sehr sie friert, verschweigt sie. Innerlich verflucht sie zum gefühlten tausendsten Mal ihren Entschluss, Gregor zu begleiten. Wie konnte sie so blauäugig sein?
Plötzlich klopft jemand an die Fahrerscheibe. Zusätzliche Kälte strömt ins Innere, als Gregor das Seitenfenster hinunterkurbelt.
„Ich bin ein Mitarbeiter des THW“, stellt sich die Person vor. „In den nächsten drei bis vier Stunden ist nicht mit dem Auflösen des Staus zu rechnen. Brauchen Sie etwas? Weitere Decken, heiße Getränke oder etwas zu essen?“
Henny glaubt sich einer Ohnmacht nahe. Das bedeutet womöglich eine Nacht im Auto statt in einem mollig warmen Hotelzimmer.
Gregor ergreift als Erster das Wort. „Wollen Sie uns durch die Blume sagen, dass wir heute auf der Autobahn übernachten müssen?“
„Das kann ich schlecht voraussagen. Etwa fünf Kilometer vor uns sind mehrere Fahrzeuge in einen Unfall verwickelt. Eine Ausfahrt gibt es leider vorher nicht. Niemand kann vorbei, bis die Stelle geräumt ist. Dazu kommt der immense Schneefall.“

„Okay, wenn Ihre Prognose derart schlecht ist, machen wir von Ihrem Angebot Gebrauch“, verkündet Gregor.
Zehn Minuten später versorgt sie der Helfer mit weiteren Decken, heißem Tee und belegten Baguettes. Hennys Thermoskannen mit Kaffee sind nämlich längst leer und die geschmierten Brote vertilgt.
„Mein erstes Picknick mit dir habe ich mir romantischer vorgestellt.“ Gregor hat seinen Humor offenbar nicht verloren. Er lächelt Henny aufmunternd zu.
Gegen ihren Willen lacht sie. „Also verstehen wir das jetzt als außergewöhnliches Date. Hoffentlich erfrieren wir nicht dabei.“
„Vielleicht sollten wir näher aneinanderrücken und uns wärmen“, schlägt Gregor vor.
„Auf keinen Fall. Bitte reich mir mal die THW-Kanne mit dem Tee“, lenkt Henny vom Kuschelthema ab. Nachdem sie einen Schluck getrunken hat, fällt ihr ein: „Was machen wir mit den Hotelzimmern? Glaubst du, wir brauchen sie heute noch?“
„Hm ...“ Gregor kratzt sich am Kinn. „Selbst wenn die Straße gleich freigegeben wäre, würden wir das Hotel erst weit nach Mitternacht erreichen. Wahrscheinlich öffnen sie den Gästen gar nicht mehr so spät. Bist du einverstanden, wenn ich die Zimmer storniere? Notfalls suchen wir uns ein anderes Quartier in der näheren Umgebung von hier.“
„Ja, das wird das Beste sein. Sonst blechen wir die Übernachtung umsonst. Wahrscheinlich erstatten unsere Arbeitgeber auf Norderney diese Kosten nicht.“ Was soll Henny anderes sagen? Es sieht nicht so aus, als kämen sie bald vom Fleck.
Nachdem Gregor telefonisch die Zimmer abgesagt hat, ist Henny elend zumute. Die Vorfreude auf eine heiße Badewanne und ein warmes Bett fällt in sich zusammen wie das Soufflé, das zu früh aus dem Ofen geholt wird. Ihre Zähne klappern aufeinander. Nichts hält mehr warm. Auch die zusätzliche Decke des THW-Helfers nutzt nichts mehr.
Gregor scheint es zu bemerken, wie es um Henny steht.

„Zier dich nicht und rück näher."
Endlich tut Henny, wie ihr befohlen. Gregor legt den Arm um ihre Schulter und drückt sie an sich.
Tatsächlich spürt Henny die wohlige Wärme, die von Gregors Körper ausstrahlt. Außerdem fühlt sie sich plötzlich von ihm beschützt und geborgen. Wie sehr sie Huberts Nähe vermisst, bemerkt sie erst in den Armen des fremden Mannes.
Wie lange Henny in dieser Position verharrt hat, weiß sie nicht, als sie durch das Motorengeräusch des Käfers aufwacht. „Bin ich etwa eingeschlafen?"
„Ja, eine gute Stunde. Es tut mir leid, wenn ich dich geweckt habe, aber eine Weile muss die Heizung laufen, sonst erfrieren wir wirklich."
„Verbraucht das nicht zu viel Benzin?", äußert Henny ihre Bedenken.
„Nein, es ist genug im Tank. Auf jeden Fall reicht es bis zur nächsten Raststätte. Die liegt laut Navi dreißig Kilometer hinter der Unfallstelle. Dort gibt es ein Motel, in dem wir übernachten könnten."
„Das wollen wahrscheinlich sehr viele Leute, die vor uns in der Schlange stehen. Deshalb habe ich wenig Hoffnung."
Es klingt verzweifelt aus Hennys Mund. Sie hält ihre kalten Hände vor das Gebläse der Heizung. Dass man sich über solche Dinge freuen kann, hätte Henny nie gedacht.
Leider ist dieses Vergnügen von kurzer Dauer, bis Gregor den Motor wieder abstellt.
Als sich Henny gerade in ihr Schicksal fügt, indem sie sich in die Decke einmummelt, gerät die Kolonne in Bewegung.
Sofort ist Gregor aus dem Häuschen. „Es geht weiter. Ruf schnell in dem Motel an. Vielleicht haben wir Glück."
Henny tippt mit zittrigen Fingern die Nummer in ihr Smartphone, die Gregor vom Navi abliest und diktiert. Währenddessen schleicht der Käfer im Schneckentempo vorwärts.
Tatsächlich bietet das Motel ihnen ein Doppelzimmer an,

aber sie müssen es in spätestens einer Stunde beziehen, sonst vergeben sie es weiter. Henny nennt ihre Daten. Jetzt heißt es, Daumen halten, damit sie es rechtzeitig bis dahin schaffen.
Als würde Gregor ahnen, was in Hennys Kopf herumgeistert, meint er: „Mach dir keine Gedanken. Ich schlafe auf dem Boden. Mir ist alles egal, Hauptsache, wir bekommen ein warmes Dach über den Kopf."
Henny stöhnt leise auf. „Das ist auch mein Wunsch. Hoffentlich werden wir nicht krank. Dann brauchen wir unsere Stelle gar nicht erst anzutreten."
„Mal den Teufel bitte nicht an die Wand. Wir überleben diese Nacht nicht, um gleich wieder nach Hause zu fahren."
„Mir ist danach. Unser Trip steht unter keinem guten Stern." Henny hält ihre ehrliche Meinung nicht mehr hinter dem Berg.
„Ach, so ein kleines Abenteuer stecken wir locker weg. Du wirst sehen. Auf Norderney lachen wir darüber und haben unseren Schützlingen etwas zu erzählen." Offenbar verliert Gregor nie seine Zuversicht. Bewundernswert.
Nach circa fünfundvierzig Minuten passieren sie die Unfallstelle im Schritttempo. Sicher ist es einigen Gaffern zu verdanken, dass es nicht flotter geht.
Hennys Nervosität steigt. „In zehn Minuten müssen wir einchecken, sonst ist das Zimmer weg."
„Dann ist es Schicksal. Der Käfer hat leider keine Flügel, um wie bei James Bond über alle Autos hinwegzufliegen."
Bei der Vorstellung huscht ein Grinsen über Hennys Gesicht.
Mit einer halbstündigen Verspätung parkt der Käfer vor dem Motel.
„Soll ich trotzdem nachfragen, ob das Zimmer frei ist?", bietet Gregor an.
„Ja, sicher. Nichts ist unmöglich."
„Okay, bleib du solange im Wagen. Ich bin gleich zurück."
Gregor verschwindet in der Drehtür und kehrt nach kurzer

Zeit zurück.
Bereits an seinem Gesichtsausdruck liest Henny ab, dass es positive Neuigkeiten gibt. Sie behält recht.
Gregor reißt die Beifahrertür auf und sagt bestens gelaunt: „Gnädige Frau, darf ich Sie zu Ihrem Zimmer geleiten?"
„Wir haben Glück?", vergewissert sich Henny, die es kaum glauben mag.
„Niemand hat uns das Zimmer weggeschnappt. Geh schon mal voraus in die Lobby. Dort ist es herrlich warm. Ich trage die Koffer hinein."
Henny lässt sich kein zweites Mal auffordern. Vom Wunsch beherrscht, endlich aufzutauen, huscht sie in die Empfangshalle. Wie ein Backofen kommt sie ihr nach der Kühltruhe im Käfer vor.
Eine freundliche Rezeptionistin bittet sie um das Ausfüllen des Gästeformulars. Anschließend überreicht sie Henny die Chipkarte. „Unser Restaurant ist bis 23 Uhr geöffnet, falls Sie Hunger verspüren."
„Danke", haucht Henny und nimmt von Gregor ihren Koffer entgegen.
Gemeinsam suchen sie ihr Nachtquartier auf.
Wie in Motels üblich handelt es sich um ein spartanisch eingerichtetes Zimmer. Ein Kingsize-Bett, ein kleiner Schreibtisch und ein Einbauschrank sind Standard. Es ist ein Ort zum Schlafen, nicht, um sich länger aufzuhalten.
„Hast du Hunger?", fragt Gregor.
„Eine warme Suppe würde mir gefallen", gibt Henny zu.
„Dann lass uns etwas essen gehen."
Wenig später sitzen sich Gregor und Henny an einem schmalen Tisch gegenüber, den sie zufällig ergattert haben, weil ein Pärchen aufgestanden ist. Vermutlich ist das Restaurant von Gestrauchelten der gesperrten Autobahn so überfüllt.
Henny bestellt sich eine französische Zwiebelsuppe, während Gregor mit einem Wiener Schnitzel zuschlägt.
Langsam kehren Hennys Lebensgeister zurück. Sogar mit einem Glas Wein stößt sie mit ihrem Leidensgefährten an.

„Darauf, dass unsere Reise ab morgen normal verläuft."
„Mit dir zusammen stehe ich alles durch", flirtet Gregor. Das Kompliment treibt Henny ungewollt die Röte ins Gesicht. Das ist ihr zuletzt als Teenager passiert. Die erste Nacht mit einem Mann nach Huberts Tod wartet auf sie. Wer hätte gedacht, dass es ausgerechnet ihr Nachbar sein wird?
Durch den Alkohol leicht beschwingt, wagt Henny einen Vorstoß: „Bist du mit deiner Frau viel verreist? Hubert wollte immer nach Italien oder Kroatien. Deshalb war ich nie im Norden."
„Ich schon. Wir sind viel gesegelt. Meistens im Mittelmeer, aber auch in der Nord- und Ostsee. Dort ist das Wetter leider nicht so stabil wie im Süden."
Mehr ist Gregor über dieses Thema nicht zu entlocken.
Henny ist zu müde, um erneut auszuholen. Deshalb schlägt sie vor, das Zimmer aufzusuchen.
„Ich bin auch erledigt." Gregor lässt die Kosten fürs Essen vom Kellner auf die Hotelrechnung setzen.
Bevor Henny sich ins Bett legt, duscht sie ausgiebig heiß. Langsam normalisiert sich ihre Körpertemperatur. Es ist ihr peinlich, vor Gregor im Nachtgewand herumzuhüpfen. Deshalb zieht sie sich ihren Jogginganzug an, den sie zum Toben mit den Kindern eingepackt hat.
Sollte sich Gregor über ihre Aufmachung wundern, so lässt er es sich zumindest nicht anmerken, als er Henny im Bad ablöst.
Wie lange er duscht, erlebt Henny nicht mehr. Sie schläft sofort ein, sobald sie die Decke bis unter das Kinn gezogen hat.

♥♥♥

Erst am frühen Morgen drückt Hennys Blase und weckt sie. Der hohe Tee- und Kaffeekonsum trägt daran Schuld. Zunächst knipst sie die Nachttischlampe an, um sich zu orientieren. Zu ihrer Überraschung liegt Gregor neben ihr

im Bett. Offensichtlich war ihm der Boden zu hart. Eine zweite Matratze gibt es bei einem Kingsize-Bett nicht. Da er sich jedoch an den äußeren Rand gerollt hat, ist Henny ihr Bettgenosse nicht als störend aufgefallen. Auch schnarcht er gar nicht, wie gegenüber Viola angeblich behauptet.
Leise schleicht sich Henny ins Bad und schaut auf ihre Armbanduhr. Es ist bereits 6.30 Uhr. Da sie durch den unfreiwilligen Stopp einen weiteren Weg heute vor sich haben, sollten sie aufbrechen, um die Fähre nach Norderney rechtzeitig zu erreichen. Deswegen begnügt sich Henny mit einer Katzenwäsche und zieht sich an. Danach rüttelt sie sanft an Gregors Arm, der zusammenzuckt.
„Was ist? Löst die Schlange sich auf?", fragt Gregor erkennbar desorientiert.
„Du hast geträumt. Wir sind im Motelzimmer." Henny nennt Gregor die Uhrzeit."
„Oh, so spät? Ich beeile mich." Gregors Schlafgewand mutet wie ein Sträflingsanzug mit seinen grauen Streifen an. Henny hat Mühe, nicht zu kichern. Sein Outfit ist verbesserungsbedürftig, sollte er jemals bei einer Frau nachts punkten wollen.
Nach einer halben Stunde sitzen Henny und Gregor im Käfer. Das Frühstück haben sie im Schnelldurchgang eingenommen. Zunächst peilt Gregor die Tankstelle an und lässt Benzin nachlaufen. Die Heizung hat im Stand mehr verschlungen als gedacht.
Im Gegensatz zum Vortag ist die Autobahn gut vom Schnee geräumt. Das Tempo lässt trotzdem zu wünschen übrig. Ein Lkw reiht sich an den nächsten. Der Überholvorgang gestaltet sich für den Käfer mühsam, da er manchmal kaum mehr Geschwindigkeit erlangt als der Laster.
„Das ist der Nachteil von meinem *Toni.*"
„Toni?"
„Ich habe ihn nach meiner ersten Freundin benannt. Sie

hieß Antonia", erklärt Gregor.
Diese Aussage weckt Hennys Neugier. „Schul- oder Studienfreundin?"
„Den VW hat mir mein Vater zum achtzehnten Geburtstag geschenkt. Kurz danach habe ich mich in Antonia verliebt. Sie war meine Sportlehrerin."
Henny traut ihren Ohren kaum. „Also eine verbotene Liebe?"
„Wenn man so will. Bis zum Abitur haben wir unsere Affäre geheimgehalten. Danach verschlug es mich zum BWL-Studium nach München. Wir haben uns dadurch aus den Augen verloren. Es war wohl besser so."
„Darf ich raten? Du hast dich alsbald mit einer Kommilitonin getröstet."
Gregor lacht. „Bist du Hellseherin?"
„War sie hübsch?"
Sein Gesicht versteinert sich plötzlich. „Du kennst sie. Wir haben nach dem Studium geheiratet und später das Haus neben euch gekauft."
Stille tritt ein. Henny verzichtet darauf, weiter in Gregors Vergangenheit zu stochern. Wenn er ihr nicht von sich aus über das Unglück erzählt, bleibt es für Henny weiter als solches bestehen. Nach wie vor glaubt sie nicht, dass Gregor einem Menschen etwas antun kann. Er ist viel zu sympathisch und fürsorglich. Einen Mann, der seine Frau mutwillig ins Meer stößt, stellt sich Henny anders vor. Trotzdem weiß sie, dass man Tätern nicht unbedingt ihre bösen Absichten ansieht.
Nach einer Weile des Schweigens kündigt die Stimme im Radio einen Stau an.
Das Navi schlägt eine Umgehung vor.
„Am besten weichen wir aus. Nicht, dass du erneut frieren musst, wenn es zum Stillstand kommt", meint Gregor und setzt den Blinker an der nächsten Ausfahrt.
Seine Umsicht lässt Henny sofort ihre Grübeleien zu dem Segelunglück vergessen.

♥

KAPITEL 7

Durch das Verlassen der Autobahn und den Umweg über die Landstraße verlieren Henny und Gregor zusätzlich an Zeit.
„Schaffen wir es bis zur letzten Autofähre nach Norderney heute Abend?", zweifelt Henny.
„Ich glaube fest daran", beteuert Gregor. „Wenn wir zurück auf der Autobahn sind, brettere ich los."
Henny lacht gequält über Gregors Ironie, denn der betagte VW hat begrenzte Geschwindigkeitskapazitäten.
Die Umgehung zieht sich. Henny hat das Gefühl, dass sie sich immer weiter in die falsche Richtung entfernen. „Sind wir wirklich auf dem richtigen Weg?"
„Keine Sorge. Mein Navi irrt nicht."
Trotzdem meint Henny, bei Gregor eine gewisse Anspannung zu fühlen und verbalisiert ihren Verdacht. „Du willst mich bloß in Sicherheit wiegen, stimmt´s? Spuck aus, was dich beunruhigt."
Gregor druckst herum: „Es ... ist das Benzin. Die Anzeige im Käfer schwankt ab und zu. Allmählich wäre eine Tankstelle nicht verkehrt. Das Navi kündigt erst eine auf der Autobahn an. Die Gegend hier ist ziemlich öde."
„Hast du den Reservekanister nicht gefüllt?", fragt Henny mit aufsteigender Skepsis.
„Ich hab's in dem Chaos gestern glatt vergessen, ihn zu betanken."
„Wie lange reicht das Benzin?"
„Wenn wir bald zurück auf der Autobahn sind, schaffen wir es."
Henny knetet ihre Finger. Das macht sie immer, wenn es

ein Problem zu lösen gilt. Irgendwie beruhigt sie diese Tätigkeit.
Plötzlich taucht unverhofft ein Wegweiser auf, der zur Autobahn deutet.
Gregor frohlockt: „Siehst du, die Rettung naht."
Einige Kilometer nach der Auffahrt erscheint der Rastplatz mit Tankstelle. Zum Glück.
„Puh, mit dir bleibt es spannend. Ich bin froh, wenn wir unser Ziel erreichen", beichtet Henny und macht sich zu einem Toilettengang bereit, während Gregor tankt.
Mit seiner üblichen Ironie entlässt er sie mit den Worten: „Dieses Mal hast du hoffentlich passendes Kleingeld."
„Und du stellst dein Smartphone bitte nicht auf lautlos."
Gregor grinst. „Der Punkt geht an dich. Ich parke das Auto in Sichtweite. Wenn du zurück bist, muss ich auch für kleine Jungs."
Dieses Mal erwischt Henny gleich eine freie Toilette und löst Gregor wenig später ab.
Seltsamerweise benötigt er länger im Waschraum, als sie es bisher von ihm gewohnt ist. Soll sie nach ihm schauen? Henny verwirft diese Idee, denn ins Herrenklo kann sie ohnehin nicht.
Kreidebleich kehrt Gregor nach gefühlten zwanzig Minuten zurück und plumpst regelrecht auf seinen Sitz.
„Was ist passiert?", fragt Henny besorgt. „Ist dir nicht gut?"
„Beim Tanken ist mir plötzlich übel geworden."
„Vielleicht der Geruch vom Benzin?"
„Keine Ahnung. Jedenfalls habe ich das Frühstück geopfert. Es tut mir leid, dass du solange auf mich gewartet hast."
„Kein Thema. Geht es dir wenigstens nach der Entleerung des Magens besser?"
Gregor stöhnt leise. „Leider nicht."
Henny schwant nichts Gutes. „Heißt das im Klartext, wir können die Weiterfahrt vergessen?" Insgeheim wäre Henny froh, die Reise zu beenden, und wenn es Gregor

besser geht, nach Berchtesgaden zurückzukehren. Ihr reichen die bisherigen Aufregungen.
„Auf keinen Fall. Du fährst einfach, bis ich fit bin."
„Wie bitte? Das ist nicht dein Ernst", protestiert Henny.
„Mein voller. Es gibt im Moment keine Alternative."
„Du weißt, dass ich nicht mehr schalten kann. Bei deinem *Toni* erst recht nicht."
„Ach, natürlich schaffst du das. So etwas verlernt man genauso wenig wie das Schwimmen oder Radfahren."
„Wir warten deine Übelkeit einfach ab", schlägt Henny vor, die innerlich bereits in Panik gerät.
„Nein, wir dürfen keine Zeit mehr verlieren. Die Fähre haut sonst ohne uns ab."
„Dann tut sie das eben. Du sagst unseren Auftraggebern ab. Basta. Was kümmern uns fremde Leute?"
„Das wäre so kurzfristig sehr unfair. Denk an die Kinder, die sich auf Weihnachten freuen. Wollen wir schuld sein, wenn das Fest für sie ins Wasser fällt?"
Henny beschleicht ein komisches Gefühl. Verschweigt Gregor ihr etwas Wesentliches? „Wieso sollte das passieren, wenn wir nicht erscheinen?"
„Na, denk mal nach. Die Eltern wollen das Ferienhaus veräußern. Warum tun sie das ausgerechnet jetzt und nicht im Frühjahr oder Sommer? Im Winter gestaltet sich der Verkauf viel mühsamer."
„Was weiß ich? Vielleicht stecken sie in finanziellen Schwierigkeiten und benötigen sofort Geld."
„Das wäre eine Möglichkeit, aber es gibt auch eine andere."
„Du sprichst in Rätseln." Henny steht auf dem Schlauch, was womöglich an ihrer Anspannung liegt.
„Ich vermute, dass sich Viola und ihr Mann trennen wollen. Die Zwillinge ahnen wahrscheinlich nichts davon und sollen zum letzten Mal normale Weihnachten auf Norderney verleben. Um das zu gewährleisten, brauchen die Eltern uns."
Gregors Psychologie überrascht Henny. „Wie kommst du

auf diese Idee? Hat Viola bei euren Telefongesprächen etwas Derartiges angedeutet?"
„Nicht direkt. Vielleicht irre ich mich, aber ihre Stimme klang sehr bedrückt und die Bitte, ihre Kinder zu betreuen, fast flehend. Als Steuerberater habe ich viele Paare in ihrer Scheidungsphase beraten. Womöglich besitze ich deshalb eine Antenne dafür."
Henny findet die Aussicht nicht gerade prickelnd, in eine fremde Ehekrise zu geraten. „Uns da mit hineinzuziehen, wäre allerdings unfair. Wir kennen deren Verhältnisse doch gar nicht."
„Eben, dadurch können ..." Mitten im Satz bricht Gregor ab, springt aus dem Auto und schafft es gerade rechtzeitig zum Grünstreifen, um sich erneut zu übergeben. Der Ärmste.
Bei Henny regt sich Mitleid. In den Tiefen ihrer Handtasche befinden sich Magentropfen, die sie für den Notfall bei sich trägt. Sie kramt danach und mischt sie in einen Becher voll Tee. Alle Thermoskannen hatte sie sich im Motel gegen ein kleines Trinkgeld vorausschauend auffüllen lassen.
Gregors Vermutung hinsichtlich der Situation ihrer Auftraggeber wühlt Henny auf. Kaum vorstellbar, wenn Sophia die Trennung von Vince bevorstünde und die süße Emma darunter zu leiden hätte. Plötzlich versteht Henny, warum das Paar nicht die eigenen Eltern zu Weihnachten in Norderney dabei haben will. Sie wären viel zu dicht dran am Geschehen oder würden sich ungebeten einmischen. Der Familienkrach ließe nicht lange auf sich warten. In Henny reift der Entschluss, die Herausforderung gemeinsam mit Gregor anzunehmen. Die Kinder verdienen ein schönes Fest. Sie werden ihr Bestes geben, um das zu realisieren. Sie verlässt ihren Beifahrersitz und ruft über das Käferdach hinweg: „Alles okay mit dir? Falls ja, steig ein. Ich bin ab sofort der Steuermann."
Gregor kehrt zum Auto zurück und setzt sich fast auf den Becher, den Henny im letzten Moment rettet.

Eilig trinkt Gregor den Inhalt aus. Er verzieht das Gesicht. „Schmeckt bitter."
„Hilft aber. Schnall dich an. Es geht weiter." Henny staunt über ihren eigenen Mut.
„Ich danke dir. Soll ich dir erklären, wie man den *Toni* startet?"
„Das wäre hilfreich. Ich habe keine Ahnung." Hoffentlich wird Gregor von diesem Geständnis nicht wieder übel.
Er bleibt die Ruhe selbst, als er Henny die Lage der einzelnen Gänge zeigt. „Jedesmal, wenn du in einen anderen Gang schaltest, musst du gleichzeitig links die Kupplung treten. Erinnerst du dich daran?"
„Klar, ganz so vergesslich bin ich nicht", täuscht Henny Empörung vor.
„Okay, dann lass mal den Wagen an. Im Moment befindet er sich im Leerlauf."
Eine leichte Hitzewelle durchströmt Hennys Körper. Ihre Muskeln sind angespannt.
Der Motor springt an.
„So, bitte einmal Kupplung treten und den Rückwärtsgang einlegen", lautet Gregors Kommando.
„Rückwärtsgang? Wo ist der?"
„Schau, ich leg ihn ein. Der ist tatsächlich etwas schwer zu handhaben."
Henny beobachtet Gregor, wie er auf den Schalthebel drückt und ihn nach vorne links schiebt.
„So, nun lass die Kupplung langsam kommen und gib gleichzeitig ein wenig Gas."
Leichter gesagt, als getan. Henny würgt den Motor drei Mal ab.
Trotzdem verliert Gregor nicht die Geduld, obwohl Henny ihm ansieht, dass er mit seinem *Toni* bei den Fehlversuchen leidet.
Endlich setzt Henny nach einigen Minuten aus der Parklücke und rammt fast einen Kleinbus, weil sie nicht konsequent in den Rückspiegel geschaut hat. Kurz vor der Kollision betätigt sie die Bremse, vergisst jedoch die

Kupplung. Oh weia, hat sie sich hoffnungslos überschätzt?
„Macht nichts, ist ja gutgegangen“, beteuert Gregor.
Mit dem ersten Gang vorwärts hapert es ebenso. Der arme Käfer tätigt einige Bocksprünge, bevor er anrollt.
Als auf der Autobahn schließlich der vierte Gang seine Aufgabe erfüllt, atmet Henny durch. Geschafft.
„Gut gemacht“, lobt Gregor.
Henny weiß, dass dies zu ihrer Aufmunterung dient, aber nicht der Wahrheit entspricht. Sie stellt sich wirklich dämlich an. Allerdings ist solch ein Oldtimer gewöhnungsbedürftig. Es fehlt an den Bequemlichkeiten, die die neuste Generation von Autos ihr Eigen nennt. Dazu gehört eine Servolenkung, bei der man das Steuerrad nur antippen muss, damit es reagiert. Bei *Tonis* dagegen benötigt Henny einen ziemlichen Kraftaufwand. Kilometer um Kilometer gewöhnt sie sich an die Gepflogenheiten.
Gregor gibt leise Schnaufgeräusche von sich. Ein Zeichen, dass er schläft. Es rührt Henny, dass er offenbar großes Vertrauen in ihre Fahrkünste setzt. Wie er ihr verraten hat, leiht er nicht einmal seinem Sohn den Wagen. Wahrscheinlich fügt sich ihr Nachbar nur in sein Schicksal, weil es ihm so schlecht geht.
Solange sie sich auf der Autobahn befinden, ist Henny zuversichtlich. Sie tuckert langsam auf der rechten Spur hinter einem Bus her, damit sie nicht den Gang wechseln muss. Je mehr sie sich jedoch dem Norden nähern, desto unruhiger wird Henny. Auf keinen Fall möchte sie den *Toni* auf die Fähre manövrieren. Das Szenario flößt ihr Angst ein. Hoffentlich erholt sich Gregor bis dahin von seinen Magenproblemen. Inzwischen dämmert es. Nirgendwo liegt mehr Schnee. Der Himmel färbt sich rot, wo die Wolkendecke aufreißt. Unweigerlich denkt Henny an die vergangenen Tage mit Emma, als sie zusammen die Plätzchen gebacken haben.
Genau wie Hennys Großmutter es ihr früher vorgaukelte, hat Henny ihrer Enkelin erklärt, dass das Christkind Kekse für alle Kinder zaubert, wenn der Himmel kurz vor

Weihnachten rot leuchtet. Emma bekam glänzende Augen und jauchzte vor Freude. Sie fragte, ob das ihr Papa bis Australien sehen kann. Henny raubte ihr diese Illusion nicht. Wie wohl die Zwillinge auf Norderney sind? Aus dem Alter, ihnen Märchen aufzutischen, sind sie entwachsen. Henny versucht sich zu erinnern, was Sophia mit zehn Jahren interessierte. Sie verhielt sich nicht wie ein typisches Mädchen. Statt mit Barbypuppen spielte sie lieber auf der Straße mit den Nachbarskindern Fußball. Ein Junge, für den sie wohl schwärmte, animierte Sophia schließlich zum Klettern. Er lud sie eines Tages ein, mit in seinen Verein zu kommen und einen Schnupperkurs zu besuchen. Die Berchtesgadener Berge sind ein Paradies für Kletterer.

Henny war dieses Hobby nicht geheuer, während Hubert ihre Tochter unterstützte und am Wochenende später zu Wettbewerben begleitete. Glücklicherweise ist Sophia nie etwas passiert, außer einem harmlosen Kratzer ab und zu. Hoffentlich hat Emma nicht dieses Gen geerbt. Bei ihr ist Henny ängstlicher als bei Sophia. Liegt es am Älterwerden, mit dem Henny hadert? Dabei ist man mit Ende Fünfzig nach heutigen Maßstäben nicht alt. Henny sollte sich das nicht ständig einreden.

„Hey, du hältst ja immer noch die Spur“, reißt Gregor Henny aus ihren auf Wanderschaft gegangenen Gedanken. Er lächelt. Offenbar hat ihm der Schlaf gutgetan.

„Ja, aber nicht mehr lange. Das Schild nach Norddeich war eben angeschlagen. Wie fühlst du dich?“

„Viel besser. Du darfst bei nächster Gelegenheit anhalten. Dann löse ich dich ab.“

„Wirklich?“ Henny versucht, ihre Erleichterung nicht zu zeigen.

„Ganz sicher. Deine Tropfen haben ein Wunder bewirkt. Mir ist kein bisschen mehr übel.“

„Da bin ich froh, und *Toni* wird sich freuen, mich loszuwerden.“

„Warum fällt es dir so schwer, dir etwas zuzutrauen? Ich

habe mich bei deiner Fahrweise wie in Abrahams Schoss gefühlt und tief geschlafen“, bohrt Gregor nach.
„Das sagst du, weil du völlig erschöpft warst.“ Henny mag ihm den Grund für ihr mangelndes Selbstbewusstsein nicht erzählen. Hubert hat sie ständig bevormundet. Wichtige Entscheidungen in der Firma traf er meistens allein, ohne ihre Meinung einzuholen. Sogar hinsichtlich der Erziehung von Sophia pfuschte er ihr oft ins Handwerk. Während Henny ihrer Tochter ein Jahr länger im Kindergarten gönnen wollte, hielt Hubert gar nichts davon und bestand auf ihrer Einschulung.
War ihre Ehe gar nicht so harmonisch, wie es sich Henny im Nachhinein einredet?
Gregor holt sie in die Gegenwart zurück. „Gleich kommt ein Rasthof. Dort wechseln wir. Es sei denn, du gibst *Tonis* Steuer nicht mehr aus der Hand.“
„Scherzkeks. Meine Finger verkrampfen sich bereits, und morgen habe ich Muskelkater in den Armen. Das Lenkrad ist total sperrig.“
„Ich massiere dich als Entschädigung, wenn wir auf Norderney sind“, verspricht Gregor grinsend.
„Ich nehme dich beim Wort.“ Ob Henny das ernst meint, bleibt ihr Geheimnis. Gregor hat es jedenfalls durch sein Vertrauen bewerkstelligt, dass Henny heute ein kleines Bisschen stolz auf sich ist und sich sogar in *Toni* verliebt hat. Sie sind zu einem Dreamteam zusammengewachsen.
Als sie Norddeich erreichen, ist es stockfinster. Die Fähre liegt an der Mole bereit für die Überfahrt nach Norderney. Ein neuer Reiseabschnitt beginnt.

KAPITEL 8

Problemlos gelangen Henny und Gregor mit dem *Toni* auf die Autofähre.

Es herrscht Hochbetrieb, was sie wundert. „Wollen so viele Touristen auf Norderney Weihnachten verleben?"

„Es kann sich um Einheimische handeln, die auf dem Festland arbeiten und zu den Festtagen auf die Insel zurückkehren", meint Gregor.

„Den Autokennzeichen nach sind es eher Urlauber", hält Henny dagegen.

„Mir egal, Hauptsache, wir sind auf dem Schiff. Ein bisschen Bedenken hatte ich wegen *Toni*. Man kann sich im Vorfeld nämlich keinen Platz für sein Auto reservieren. Es geht allein nach der Reihenfolge."

„Ach, das hast du mir wohl absichtlich verschwiegen, damit ich mir nicht ins Hemd mache, stimmt's?"

Gregor grinst. „Du durchschaust mich inzwischen gut."

„Warum willst du dein Auto nicht auf dem Festland lassen? Wie ich über Norderney gelesen habe, benutzt man ohnehin lieber Fahrräder oder Kutschen. Die meisten Touristen stellen ihre Pkws während ihres Aufenthalts auf Großparkplätzen der Stadt Norden ab."

Gregor schaut Henny ungläubig an. „Ich lasse meinen *Toni* nicht irgendwo ohne meine Obhut stehen. Seit über vierzig Jahren hege und pflege ich ihn. Nicht auszudenken, wenn ihm in meiner Abwesenheit etwas zustoßen würde. Es gibt immer Deppen, die nicht aufpassen und Autos beschädigen, ohne ihre Adresse zu nennen. Außerdem könnte *Toni* gestohlen werden. Das kann auf Norderney kaum geschehen."

Gregors flammende Rede zu seinem Oldtimer amüsiert Henny. Männer und ihre Autos. Auch Hubert war sein Fahrzeug heilig. Kaum war es in Regen geraten oder verschmutzt, landete es in der Waschstraße. Henny hielt diese Maßnahme für übertrieben.
„Wollen wir an Deck?", schlägt Gregor vor. „Hier unten im Bauch der Fähre ist es so stickig. Für meinen Magen bedeutet das Gift."
„Ja, gern."
Obwohl der Wind ihnen an der Reling kalt ins Gesicht bläst, tut die frische Luft gut. Leider ist es so finster, dass Henny nichts vom Wattenmeer sieht. Die Lichter der Stadt Norden verschwinden allmählich in der Dunkelheit. Von Norderney ist nichts zu erkennen. Dabei hatte sich Henny auf den Anblick gefreut. Die Spannung steigt, als die Fähre nach einer Stunde den Hafen der Insel erreicht. Was erwartet Henny und Gregor bei der fremden Familie? Hat Gregor mit seiner Prognose recht, dass sich Viola und Tobias in der Scheidungsphase befinden? Henny hofft auf eine Fehleinschätzung seinerseits. Die Verkaufsabsichten müssen nicht unbedingt damit in Verbindung stehen. Es gibt vielfältige andere Gründe dafür. Vielleicht haben die beiden einfach keine Lust mehr, jedes Jahr ihre Ferien am selben Ort zu verbringen. Die Kinder werden größer. Ihre Bedürfnisse ändern sich. Im Sand zu buddeln und Burgen zu bauen, wird mit zunehmendem Alter langweilig. Action ist angesagt, wobei Norderney ein Paradies für jedes Alter sein soll, wie Henny sich im Netz informiert hat.
Noch auf der Rampe füttert Gregor das Navi mit der Adresse ihrer Auftraggeber. „Glücklicherweise ist es nicht weit. Das Haus liegt wohl in einem Wohnviertel am Rand der Stadt, aber trotzdem in Meeresnähe."
„Ich bin aufgeregt", outet sich Henny.
Unverhofft stimmt Gregor ein: „Nicht nur du. Ich habe plötzlich auch kalte Füße, auf was wir uns da einlassen."
„Du?" Henny ist überrascht, dass Gregor es zugibt.
„Ja, ich bin froh, dich bei mir zu haben. Mit dir bin ich viel

furchtloser.“
„Hör auf, mich zu veräppeln. Ich bin die Letzte, die jemand Mut einflößt.“
„Lass uns nicht streiten. Wir meistern die Aufgabe gemeinsam, basta.“ Gregor fährt langsam vom Schiff und konzentriert sich auf die Stimme des Navis.
Nach wenigen Minuten sind sie am Ziel. Die Straße mutet vornehm an. Hübsche Einfamilienhäuser mit Reetdach präsentieren sich im weihnachtlichen Lichterglanz. Angefangen von beleuchteten Rentieren mit roten Nasen bis hin zu überdimensionalen Plastikschneemännern ist alles vorhanden. Dagegen zeichnet sich der Vorgarten ihrer neuen Familie durch gähnende Leere aus. Lediglich eine Laterne brennt am Hauseingang. Womöglich soll für potenzielle Käufer ein objektiver Eindruck vermittelt werden.
„Ich klingele erst einmal, bevor wir unser Gepäck ausladen“, schlägt Gregor praktisch denkend vor.
„Okay.“ Henny bleibt solange im *Toni* hocken.
Auf Gregors Läuten reagiert zunächst niemand, bis endlich Licht hinter der Glastür zu sehen ist.
Eine Frau öffnet ihm. Was sie mit Gregor redet, hört Henny nicht.
Jedenfalls kehrt ihr Nachbar zum Auto zurück und reißt die Beifahrertür auf. „Wir sind richtig. Geh du ins Haus. Ich trage das Gepäck nach.“
Henny weiß, dass Widerspruch bei Gregor zwecklos ist und fügt sich seinem Befehl.
Viola streckt ihr wenig später die Hand entgegen und stellt sich vor. „Am besten duzen wir uns gleich. Gregor ist einverstanden.“
„Dann bin ich es auch“, schließt sich Henny an.
„Ich hoffe, ihr hattet eine gute Anreise“, fährt Viola mit dem üblichen Begrüßungs-Smalltalk fort.
„Abgesehen von einer Autobahnsperre und starken Schneefällen hatten wir keine Probleme“, behauptet Henny. Schließlich geht es Viola nichts an, wie schlecht es

Gregor heute ging. „Wo sind dein Mann und die Kinder?" Henny lenkt vom Thema lieber sofort ab. Täuscht sich Henny oder verfinstert sich Violas Gesichtsausdruck?
„Tobias ist nicht auf der Insel. Er hat geschäftlich zu tun und stößt erst am Heiligen Abend zu uns. Die Zwillinge hängen vor dem Fernseher. Ihr werdet sie später beim Essen kennenlernen. Ich bestelle etwas vom Italiener. Bitte überlegt euch, was ihr gern hättet."
In diesem Moment schleppt Gregor die Koffer in den Flur. Henny merkt ihm an, dass er angeschlagen ist. Kein Wunder bei all dem, was sie auf der Reise erlebt haben. Sein Magen hat sich wohl nicht so gut erholt, wie er vorgetäuscht hat, denn auf Violas Frage, was sie für ihn zu essen ordern soll, antwortet er: „Am liebsten wäre mir eine Suppe mit ein wenig Brot. Ich vertrage abends keine Pizza oder Nudeln." Dabei wirft er Henny einen vielsagenden Blick zu.
„Okay, eine Tütensuppe werde ich auftreiben. Zuerst zeige ich euch die Zimmer. Danach plane ich eine kleine Besprechungsrunde, wie ich mir das mit den Kindern und euch vorstelle." Viola deutet auf die Treppe und steigt die Stufen hinauf.
Gregor hievt tapfer die beiden Koffer hinterher und weigert sich, Henny einen abzutreten. „Viel zu schwer für dich, mein Schatz."
Hat sich Henny gerade verhört? Wieso nennt Gregor sie *Schatz*? Das hat Diskussionsbedarf.
Vor zwei nebeneinander liegenden Zimmern stoppt Viola. „Ihr habt die Qual der Wahl. Beide Zimmer bieten Meeresblick. Wer welches bezieht, müsst ihr unter euch ausmachen. Es gibt eine Verbindungstür, sodass ihr euch nah sein könnt, wenn ihr wollt."
Insgeheim überlegt sich Henny, diese sofort abzuschließen. Auf ungefragten Besuch von Gregor legt sie keinen Wert.
„Das Badezimmer müsst ihr leider mit den Kindern teilen. Es gibt nur eins auf dieser Etage. Ich lasse euch mal allein,

damit ihr Zeit zum Auspacken habt. Sobald ihr fertig seid, kommt bitte nach unten. Ich koche uns inzwischen einen Friesentee." Viola dreht sich auf dem Treppenabsatz um.
„Henny, was darf ich dir vom Italiener bestellen?"
„Eine Pizza mit Thunfisch bitte."
Als Viola verschwunden ist, überlässt Gregor Henny die Wahl des Zimmers.
Sie entscheidet sich einfach für das Linke, Gregor bezieht das Rechte.
Von der Ausstattung des Raumes wird Henny positiv überrascht. Durch die Dachneigung wirkt es sehr gemütlich. Das Doppelbett beherbergt zahlreiche Kissen, die zum Kuscheln einladen. Sogar ein Sofa mit Tisch vermittelt die Atmosphäre eines kleinen Wohnzimmers. Auch ein Fernseher fehlt nicht. Einziger Wermutstropfen ist das mangelnde Bad direkt am Zimmer. Ungern huscht Henny des Nachts im Schlafgewand durch ein fremdes Haus und trifft womöglich auf Mitbewohner.
Zunächst packt Henny ihren Koffer aus und hängt ihre Kleidungsstücke in den Einbauschrank.
Als sie gerade das leere Gepäckstück unter das Bett schiebt, klopft es an die Verbindungstür. Zu dumm, sie hat vergessen, diese zu verriegeln.
Auf ein *Herein* wartet Gregor nämlich nicht, sondern streckt seinen Kopf durch einen Spalt. „Alles okay bei dir? Bist du bereit, die Kinder kennenzulernen?"
„Ja, aber bitte komm nicht einfach herein, wenn ich nicht auf dein Klopfen reagiere. Ich könnte leicht bekleidet sein. Und noch eins, sag nicht *Schatz* zu mir. Das klingt so gekünstelt."
Gregor setzt eine betrübte Miene auf. „Entschuldigung. Unsere Beziehung sollte echt wirken."
„Ich glaube nicht, dass Viola es interessiert, welche Kosenamen wir austauschen. Hauptsache, die Zwillinge werden versorgt und von dem Hausverkauf abgelenkt. Sie scheint sehr nervös zu sein."
„Das ist mir nicht aufgefallen, aber ich bin ziemlich durch

den Wind und sehne mich nach einer Portion Schlaf."
„Die hast du dir verdient. Ich bin genauso müde. Jetzt bringen wir es hinter uns. Unser offizieller Dienst beginnt erst morgen."

♥♥♥

Eine große Wohnküche spendet wohlige Wärme.
Viola ist gerade dabei, Teller auf den Tisch zu stellen. „Nehmt bitte Platz. Die Kinder essen ihre Pizza vor dem Fernseher. Ich habe es ihnen ausnahmsweise erlaubt, damit wir uns ungestört unterhalten können. Sie serviert Gregor eine Gemüsebrühe mit Brot und legt Henny die gewünschte Pizza auf den Teller. Anschließend schüttet sie Tee in die Becher und prostet ihnen damit zu. „Herzlich willkommen. Ich hoffe, wir verbringen ein harmonisches Weihnachtsfest miteinander."
Henny und Gregor stimmen mit ein. Es fällt ihr auf, dass so gar nichts im Haus auf die Feiertage hinweist. Keine Lichterkette, kein Tannengrün, keine Kugeln. Gut, das Haus soll verkauft werden, aber für die Kinder hätte Henny trotzdem ein bisschen Weihnachtsstimmung gezaubert. Ein Adventskranz zum Beispiel wäre schön. Sie bedauert, ihren nicht eingepackt zu haben.
Gregor ergreift als Erster das Wort: „Wie genau gestaltet sich unsere Aufgabe ab morgen?"
„Ich hätte nicht mit solch einer Resonanz auf unsere Verkaufsanzeige gerechnet. Es haben sich bereits vier Interessenten für das Haus angemeldet. Offenbar verleben sie die Weihnachtsferien auf der Insel und wollen es sich gleich morgen anschauen. Deshalb wäre es gut, wenn ihr mit den Zwillingen den ganzen Tag einen Ausflug macht. Sie sollen vorläufig nicht erfahren, dass dies unser letzter Urlaub im Feriendomizil sein wird."
„Kinder sind nicht dumm. Über kurz oder lang kriegen sie das mit", unterbricht Gregor Violas Redefluss."
„Natürlich, mir ist es vor allem wichtig, dass sie unbe-

schwerte Weihnachten erleben. Danach schenken wir ihnen selbstverständlich reinen Wein ein."
Was sie damit genau meint, verrät sie nicht.
Henny gewinnt immer mehr den Eindruck, dass Gregor mit seiner Vermutung recht hat. Der Familie droht der Zusammenbruch. Automatisch empfindet Henny Mitleid mit der jungen Frau, die kaum älter als Sophia sein dürfte.
Die zierliche Viola wirkt wie eine Porzellanpuppe, bleich und zerbrechlich. Ihre Augenränder sind dunkel, und wenn sich Henny nicht täuscht, hat Viola kürzlich geweint.
Das kann ja heiter werden. Womöglich benötigt die Mutter der Zwillinge mehr Fürsorge als Louise und Luca.
Wie aufs Stichwort stürmen die beiden in die Küche. „Wir wollen mehr Cola."
„Ihr begrüßt erst einmal Henny und Gregor. Sie sind von den Alpen angereist, um mit euch etwas zu unternehmen, weil Papa und ich dieses Mal nicht so viel Zeit für euch haben."
Louise folgt der Aufforderung ihrer Mutter sofort und hält Henny die Hand hin. „Bist du für die nächsten Tage meine Oma?"
Henny korrigiert: „Eure Leihoma."
„Okay, kannst du Mau-Mau?"
„Klar, das spielen wir morgen mit euch."
„Warum nicht gleich?", mault Luca, der sich bis zu diesem Moment im Hintergrund gehalten hat.
„Weil Henny und Gregor eine lange Reise hatten und müde sind. Ihr gehört sowieso ins Bett", weist Viola ihren Sohn zurecht.
„Das ist ja blöd." Luca verzieht das Gesicht zu einer Grimasse und streckt seiner Mutter die Zunge heraus.
Zu Hennys Erstaunen ignoriert Viola seine Entgleisung und deutet lediglich mit der Hand zur Tür. „Abmarsch. Ich kontrolliere nachher eure geputzten Zähne."
Auch Henny und Gregor verabschieden sich in ihre Zimmer. Für heute ist alles besprochen. Ihr Dienst beginnt am nächsten Tag um 8 Uhr zum Frühstück.

Das kurze Intermezzo mit der Familie reicht Henny, um zu erahnen, dass ihr Aufenthalt kein Zuckerschlecken wird. Am liebsten würde sie mit Gregor über die Situation reden, aber an diesem Abend findet sich keine Gelegenheit mehr. Die Verbindungstür schließt Henny vorsichtshalber ab. Nicht, dass Gregor Schlafwandler ist und sich in ihr Zimmer verirrt.
Wehmütig erkundigt sich Henny per WhatsApp nach Sophia und Emma, verrät aber nicht ihren neuen Standort. Bedeutet etwas zu verschweigen eine Lüge durch Unterlassen? Darüber hat Henny bisher nie nachgedacht.
Als sie endlich im Bett liegt, lässt sie die bisherige Reise mit Gregor Revue passieren. Was für eine ereignisreiche Zeit. So viel innerhalb weniger Stunden erlebt sie sonst in Jahren nicht. Irgendwie verrückt. Gregor wohnt seit Ewigkeiten neben ihnen, ohne dass sie sich näher füreinander interessiert haben. Ihre Nachbarschaft beruhte zwar oft auf Hilfsbereitschaft, wenn sie verlangt wurde, aber enger angefreundet haben sie sich nie. Die Fahrt nach Norderney hat das plötzlich verändert. Henny fühlt sich in Gregors Gesellschaft sehr wohl. Er vermittelt ihr, etwas wert zu sein. Schließlich hat er es sogar geschafft, dass Henny *Toni* sicher über die Autobahn gesteuert hat. Niemals hätte Henny das für möglich gehalten. Was für eine Magie strömt von diesem Mann aus?

♥

KAPITEL 9

Glücklicherweise hat sich Henny ihren Smartphone-Wecker gestellt. Sonst hätte sie ihren ersten Arbeitstag glatt verpennt. Normalerweise schläft Henny zuhause, bis sie aufwacht. Niemand schreibt ihr eine Zeit vor. Nur, wenn ein früher Arzttermin anberaumt ist oder Emma bei ihr übernachtet, fängt der Tag für sie früher am Morgen an.

Durch die Verbindungstür ertönen im Nebenraum Geräusche. Folglich ist Gregor bereits aktiv. Hoffentlich belegt er das Badezimmer nicht vor Henny. Deshalb springt sie mit einem Satz aus dem Bett, stülpt sich ihren Bademantel über und huscht mit dem Kulturbeutel über den Flur. Zu ihrer Erleichterung findet sie den Waschraum leer vor. Nun muss Gregor wohl oder übel warten. Es dauert nicht lange, bis sich die Türklinke nach unten bewegt. Es klopft.

„Henny? Bist du drin?", erkennt sie Gregors dunkle Stimme.

„Ja, bin gerade erst rein."

„Wie lange brauchst du?"

Henny hasst es, sich festzulegen. Schließlich schaut sie beim Duschen auf keine Uhr. Mit knirschenden Zähnen antwortet sie: „Eine Viertelstunde wird es mindestens dauern."

Eine Reaktion von Gregor erfolgt nicht. Demnach fügt er sich in sein Schicksal und harrt in seinem Zimmer bis zu Hennys Freigabe aus. Vielleicht sollten sie sich für die Zukunft besser absprechen, wer wann das Bad beansprucht. Der Unordnung nach zu urteilen, haben die Zwillinge bereits ihr Unwesen getrieben. Nasse Hand-

tücher und schmutzige Wäsche zieren den Fliesenboden. Ist es Hennys Aufgabe, das Chaos wegzuräumen? Mit Viola ist nichts dergleichen vereinbart. Für die Erziehung von Louise und Luca fühlt sie sich nicht zuständig. Trotzdem hebt Henny die Sachen auf, um sie in den dafür vorgesehenen Korb zu stopfen. Schließlich will sie nicht darüber stolpern.
Eine halbe Stunde später taucht Henny in der unteren Etage auf. Die Tür zum Wohnzimmer steht offen und gibt den Blick ins Innere frei. Auch hier sucht Henny vergeblich nach Weihnachtsschmuck. Das geht nach ihrem Geschmack gar nicht. Hätte sie das geahnt, wären eine Lichterkette und zumindest Lametta mit in den Koffer gewandert. Tannengrün wird sie bestimmt irgendwo auf der Insel auftreiben und in eine Vase stellen. Das ersetzt zwar keinen Weihnachtsbaum, aber wirkt ein bisschen festlich.
Henny begibt sich in die Küche, in der die Zwillinge bereits am Tisch sitzen und ihr Müsli aus einer Schale löffeln. Viola hantiert mit einer Pfanne, in der Spiegeleier mit Speck brutzeln. „Guten Morgen, Henny. Wie war die erste Nacht?"
„Danke, ich habe geschlafen wie ein Bär in seiner Winterhöhle."
Louise kichert. „Hast du das schon mal gesehen?"
„Nur im Fernsehen", gibt Henny zu. Bei Kindern muss man immer auf der Hut sein, was man sagt. Sie hinterfragen Dinge gern.
„Du darfst dich neben mich setzen", meint Louise gönnerhaft und schiebt ihren Bruder auf der Bank etwas zur Seite, sodass etwas aus seiner Müslischlüssel auf den Tisch schwappt."
„Hey, pass auf du dumme Kuh. Das wischt du sofort weg", schnauzt er seine Schwester an.
„Hört auf, ihr beiden." Viola reicht Louise ein Papiertrockentuch. Dieses Mal herrscht tatsächlich Ruhe.
„Wo ist dein *Schatz*?", fragt Luca. „Pennt der noch?"

Henny traut ihren Ohren nicht. Hat der Bengel das Kosewort von Gregor aufgeschnappt. Wie soll Henny reagieren? Sie ignoriert es einfach. „Gregor ist wahrscheinlich im Bad. Er kommt gleich." Einen Moment zögert Henny, spricht das Thema *Unordnung* dann lieber nicht an. Sie möchte sich nicht direkt bei ihren Schützlingen unbeliebt machen.
Schließlich erscheint Gregor und schenkt Henny und den anderen ein Lächeln. „Na, euch schmeckt es wohl. Es duftet wunderbar nach Eiern und Speck."
„Möchtest du welche?", bietet Viola an.
„Gern."
Henny wundert sich. Besitzt Gregor einen Pferdemagen? Nach dem gestrigen Tag wäre sie an seiner Stelle vorsichtiger, behält ihre Ansicht aber für sich. Stattdessen wendet sie sich an die Kinder. „Wir wollen euch heute erst einmal richtig kennenlernen. Wie wär's mit einem Ausflug?" Dabei zwinkert sie Viola mit einem Auge zu, denn dieser ist längst wegen der Kaufinteressenten beschlossene Sache.
Gregor greift das Thema auf, während er sein Ei genießt. „Ihr habt bestimmt eine Idee, was euch gefällt. Henny und ich sind zum ersten Mal auf Norderney und haben keinen Schimmer, was die Insel alles bietet."
„Ich mag schwimmen", verrät Louise.
Luca protestiert: „Ach nö, immer was du willst. Der Spielpark ist viel cooler."
Schon entbrennt erneut ein Streit zwischen den Geschwistern.
„Schluss", fährt Viola energisch dazwischen. „Henny und Gregor werden sofort abreisen, wenn ihr euch so schlecht benehmt." Sie wirkt angespannt. Hat es mit den bevorstehenden Verkaufsverhandlungen zu tun oder steckt etwas anderes dahinter?
„Wie wäre es mit einem Kompromiss?", mischt sich Gregor ein. „Wer sagt, dass wir alles gemeinsam machen müssen? Henny geht mit Louise ins Schwimmbad und ich

mit Luca zum Spielpark. Danach treffen wir uns irgendwo zum Mittagessen. Was wir am Nachmittag anstellen, überlegen wir danach."
Henny ist erstaunt über Gregors logisch klingenden Vorschlag. Wahrscheinlich besitzt er jede Menge Routine im Umgang mit Streithähnen. Nicht umsonst ist er Großvater dreier Jungen.
Auch wenn Henny keine begeisterte Schwimmerin ist, willigt sie ein. „Seit ihr einverstanden?", fragt sie die Zwillinge.
„Ich schon. Ohne die Ziege macht der Spielpark viel mehr Spaß." Damit meint Luca vermutlich seine Schwester.
Dieses Mal streckt Louise ihm die Zunge heraus. „Du Loser hast eh Schiss vor der Riesenrutsche ins Wasser."
„Hört endlich auf mit dem Streiten", greift Viola ein. „Louise, du packst deine Badesachen und Luca, du ziehst dir deine alte Hose für den Spielpark an."
Als die Kinder aus der Küche verschwunden sind, entschuldigt sich Viola: „Es tut mir leid, dass die beiden sich ständig kabbeln. Sonst sind sie gewöhnlich ein Herz und eine Seele. Hoffentlich sind sie euch nicht zu anstrengend."
„Vielleicht ist Gregors Idee genau richtig. Jeder von uns lernt erst einmal die Zwillinge einzeln näher einzuschätzen." Henny hilft Viola, das schmutzige Geschirr in die Maschine zu räumen. Danach holt sie ihre Badeutensilien aus dem Zimmer. Insgeheim wäre sie lieber zum Spielpark gegangen. Schwimmen gehört seit ihrem Bandscheibenvorfall nicht zu Hennys Lieblingstätigkeiten. Was tut man nicht alles als Leihoma. Hoffentlich hält ihr Rücken das aus.
Da auf Norderney kein Schnee liegt, schlägt Viola vor, die Fahrräder zu benutzen. Außerdem drückt sie Gregor einen größeren Geldbetrag in die Hand. „Für die Eintritte und das Mittagessen."
Henny und Gregor verabreden sich für 13 Uhr am Eingang des Schwimmbads. Von dort aus werden sie ein

Restaurant suchen.
Henny strampelt hinter Louise auf dem Rad her, die den Weg weiß. Zum ersten Mal gewinnt Henny im Hellen einen Eindruck von der Insel. Das älteste Nordseebad Deutschlands heißt sie nicht gerade mit einem blauen Himmel willkommen. Tief ziehen die Wolken über das Meer, auf dem weiße Schaumkronen um die Wette tanzen. Möwen kreischen gegen den Wind an. Henny atmet die reine Luft ein. Sie stört das trübe Wetter nicht. Ganz im Gegenteil. Die Stimmung empfindet sie als einzigartiges Naturschauspiel, das es in den Bergen und auch am Mittelmeer nicht in dieser Weise gibt. Beim Durchqueren der Straßen erlebt Henny ein Kontrastprogramm. Auf der einen Seite präsentiert sich Norderney-Stadt als fortschrittliches Seebad, auf der anderen Seite lauert der Charme der Gründerzeit mit seinen villenartigen Logierhäusern. Diese Mischung macht wohl die Faszination dieser Insel aus.
„Wir sind gleich da“, ruft Louise zurück in Hennys Richtung. Der Pfad führt nun durch Dünen und Salzwiesen bis zum Badehaus, das nah am Wasser gebettet liegt, um die Becken mit Meerwasser zu speisen. So etwas kennt Henny von Berchtesgaden nicht.
Nachdem sie ihre Fahrräder im Ständer verstaut und abgeschlossen haben, begeben sich Henny und Louise ins Getümmel.
„Bitte bleib möglichst in meiner Nähe. Nicht, dass wir uns verlieren“, verlangt Henny.
„Das wird schwierig. Ich versuch's. Wenn wir uns nicht mehr sehen sollten, lass mich einfach ausrufen. Wir treffen uns dann am Infoschalter. Hier vermissen Eltern ihre Kinder öfter, aber alle finden sich irgendwann wieder.“
Schnurstracks steuert Louise auf die Umkleidekabinen zu. Glücklicherweise sind zwei nebeneinander frei.
Anschließend erklärt Louise, wo die Attraktionen sind. „Wollen wir zuerst auf die Riesenrutsche? Die macht mega Spaß.“
Henny wird es mulmig zumute. Wie lange ist es her, dass

sie so ein Ungetüm ausprobiert hat? Es muss zwanzig Jahre her sein. Sie windet sich. „Weißt du, Louise, Leute in meinem Alter sind nicht mehr so gelenkig. Ich glaube, es ist besser, wenn ich am Röhrenausgang auf dich warte."
„Ach, Quatsch, du schaffst das." Ehe sich Henny erneut aufbäumt, packt Louise sie an der Hand und zieht sie hinter sich her bis zum Treppenaufgang. Allein die Leiter hinauf zu kraxeln, bedeutet für Henny einen Albtraum. Diese ist äußerst steil und erfordert Konzentration. Ein Zurück gibt es nicht mehr, da weitere Rutschensüchtige hinter Henny den Fluchtweg versperren.
Oben angelangt, erklärt Louise: „Ich rutsche vor dir. Du darfst dich erst abstoßen, wenn die Ampel von Rot auf Grün umspringt." Zwei Sekunden später ist Louise von der Röhre verschluckt.
Bibbernd vor Aufregung wartet Henny auf ihren Einsatz. Grün. Sie bleibt wie angewurzelt sitzen.
„Hey", kreischt ein Junge hinter ihr. „Du bist dran." Er fackelt nicht lange und schubst Henny in den Abgrund. Zunächst saust sie im gemäßigten Tempo dahin. Kleine Lichter weisen den Weg, bis es vollständig dunkel wird und die Geschwindigkeit sich beschleunigt. Henny schreit ihre Angst hinaus, wohl wissend, dass sie niemand hört. Sie spürt, wie sie ab und zu an die Bande gedrückt wird. Hämatome sind Programm. Endlich schießt sie aus der Rutsche in ein Auffangbecken. Zunächst verliert sie die Orientierung. Ihre Arme fuchteln wild unter Wasser, bringen sie aber nicht an die Oberfläche. Henny hat Panik zu ertrinken, als plötzlich zwei Arme nach ihr greifen und sie nach oben zerren. Sie japst.
„Na, gute Frau. Kriegen Sie Luft?", fragt ein Koloss von Mann und lässt Henny los.
„Danke, dass Sie mich gerettet haben", haucht Henny keuchend und hält sich erschöpft am Rand des Beckens fest.
Louise, die vermutlich in der Nähe gewartet hat, beugt sich zu ihr herab. „Hat es dir nicht gefallen?"

„Nein", gibt Henny ehrlich zu. „Es war die Hölle. Noch einmal überredest du mich nicht dazu."
Mit letzter Kraft klettert Henny die Badeleiter hinauf.
„Bist du etwa im Sitzen gerutscht?", mutmaßt Louise.
„Ja, warum?"
„Du musst auf dem Rücken liegen. Du hast überall rote Flecken und bist wahrscheinlich an die Bande gedonnert. Das passiert Anfängern oft."
Louises Belehrung tröstet Henny wenig. „Gibt es etwas weniger Gefährliches hier?"
„Klar, aber darf ich erst nochmal rutschen?"
„Natürlich. Ich setze mich solange auf die Bank dahinten und erhole mich von dem Schrecken." Henny ist froh über die Pause. Sollte sie jemals Emma zuliebe ein Freizeitbad mit Rutsche besuchen, weiß sie nun über die Technik Bescheid. In den folgenden Minuten beobachtet sie die anderen, die im Auffangbecken landen. Zu ihrer Beruhigung machen einige ähnliche Erfahrungen wie sie und sind zunächst orientierungslos unter Wasser. Glücklicherweise ist stets jemand zur Stelle, der hilft.
Endlich saust Louise hinein und kehrt zu Henny zurück.
„Ich zeig dir etwas."
„Ist das nicht so aufregend wie die Rutsche?", hakt Henny skeptisch nach.
„Keine Angst. Es wird dir gefallen."
Louise zerrt Henny hinter sich her zu einem riesigen Wasserbecken. Der Raum ist abgedunkelt. Nur tausend kleine Sterne unter der Decke sorgen für die nötige Beleuchtung, um ein geheimnisvolles Wrack zu entdecken. Mysteriöse Geräusche und flackernde Lichter vermitteln die Stimmung wie in einer Grotte.
„Ist das nicht cool?" flüstert Louisa. „Wir können um das Wrack schwimmen und hineinsehen. Du wirst staunen."
Henny hat keine Wahl, wenn sie sich nicht blamieren will. Mit langsamen Schwimmzügen folgt sie Louise durchs Wasser. Allmählich entspannen sich Hennys Muskeln. Was soll ihr passieren? Sogar kleine Kinder mit Schwimm-

flügeln paddeln an ihr vorbei und jauchzen vor Vergnügen. Mit einer Hand winkt Louise Henny zu sich an ein Bullauge vom Schiff. „Schau, was die Piraten alles gekapert haben."

Henny wirft einen Blick durch die Scheibe. Im Inneren befinden sich Kisten voller Schmuck und Gold, um die zahlreiche verschiedene Fische kreisen. Bei dem Wrack handelt es sich um ein großes Aquarium.

„Wie findest du das? Toll, nicht?" Louise sieht Henny hoffnungsvoll an.

„Ja, das ist wirklich schön gestaltet."

Louise scheint zufrieden mit Hennys Antwort. „Hast du etwas dagegen, wenn ich wieder rutschen gehe?"

„Nein, aber wir treffen uns in einer Stunde vor der Umkleidekabine, einverstanden?"

„Okay."

„Ich verlasse mich auf dich." Henny hat keine Ahnung, ob Louise sich wirklich an getroffene Abmachungen hält. Im Grunde ist sie froh, Zeit für sich allein zu haben. Dazu ergattert sie einen freien Liegestuhl in einem der Ruheräume. Was für eine Wohltat.

Wie es Gregor wohl mit Luca im Spielpark ergeht? Ob er auch gefährliche Geräte überwinden muss? Zu gern würde Henny die beiden beobachten. In diesem Moment legt sich ihr Retter, der Koloss, neben sie.

„Na, haben Sie sich einigermaßen erholt?", erkundigt sich der Mann.

„Ja, halbwegs, danke. Ich kenne nur wesentlich harmlosere Rutschen von früher."

„Mir ist es das erste Mal genauso ergangen wie Ihnen. Durch meine Kinder habe ich mich zwangsläufig an solche fragwürdigen Abenteuer gewöhnt."

Ungewollt plaudert Henny mit ihm über alles Mögliche und erfährt einige Inselgepflogenheiten. Fast vergisst sie darüber die Verabredung mit Louise.

„Wo bleibst du?", tadelt sie, als Henny eintrifft. „Ich wollte dich gerade am Infoschalter ausrufen lassen."

Das bringt Henny zum Lachen. „Das nennt man verkehrte Welt."

♥

KAPITEL 10

Die lange Strandpromenade von Norderney wird von zahlreichen Hotels, Cafés und Restaurants flankiert. Zusätzlich bieten weihnachtlich geschmückte Buden neben Waren ihre Leckereien an. So lockt der Duft von frisch gebackenen Waffeln oder Glühwein.
Henny, Gregor und die Kinder haben die Qual der Wahl, wo sie zum Mittagessen einkehren wollen.
„Worauf habt ihr Hunger?“, fragt Gregor die Zwillinge.
„Pizza“, erschallt es wie aus einem Mund.
Gregor verdreht die Augen. „Hattet ihr gestern Abend keine?“
„Doch, aber die mögen wir am liebsten jeden Tag.“
Henny wünscht sich ein typisches Inselgericht. Deshalb wagt sie einen Vorstoß: „Gibt es außer Pizza vielleicht ein anderes Lieblingsessen von euch?“
„Hm ...“ Luca scheint zu überlegen, während Louise wie aus der Pistole geschossen meint: „Schnitzel mit Pommes.“
„Na, das ist ein Kompromiss. Wisst ihr, wo es die besten Schnitzel gibt?“, erkundigt sich Gregor.
„Dort drüben.“ Luca deutet mit der Hand auf ein kleineres Gebäude.
Sie schieben ihre Fahrräder bis zu den Ständern, und anschließend inspiziert Gregor die ausgehängte Speisekarte. „Hier bekommen wir nicht nur Schnitzel, sondern auch typische ostfriesische Spezialitäten.“
„Dann nichts wie hinein.“ Henny hat tatsächlich Appetit, dabei hat sie im Schwimmbad ihre Kräfte nicht besonders verausgabt. Es wird wohl an der Seeluft liegen.

Erfreulicherweise ergattert Gregor einen Tisch direkt am Fenster.
Als der Kellner Louise und Luca Speisekarten überreichen möchte, winkt der Junge mit einer Handbewegung ab. „Wir wissen, was wir wollen", erklärt Luca für seine Schwester mit. „Zwei Apfelsaftschorlen und zwei Mal Schnitzel mit Pommes. Den Salat brauchen wir nicht."
Henny wirft dem ihr gegenüber sitzenden Gregor einen vielsagenden Blick zu, bevor sie sich einmischt: „Bringen Sie den Salat ruhig. Bestimmt findet sich ein Abnehmer dafür."
Sichtlich irritiert entfernt sich der Kellner, nachdem auch Henny und Gregor ihre Getränkewünsche geäußert haben. Anschließend studieren sie die Karte.
„Was ist denn Pinkel?", fragt Henny verwirrt. „Hat das etwas mit Pinkeln zu tun? In Bayern habe ich den Ausdruck noch nie im Zusammenhang mit einem Gericht gehört."
Louise schüttet sich aus vor Lachen, während Luca Henny belehrt: „Das essen die hier zum Grünkohl, dem Nationalgericht der Ostfriesen." Er verzieht das Gesicht zur Grimasse. „Voll ekelig die Blutwurst. Das isst du lieber nicht. Uns wird sonst beim Zugucken schlecht."
Um des Friedens Willen verzichtet Henny darauf. Vielleicht ist sie irgendwann allein unterwegs und probiert es dann.
„Was ist mit Labskaus?", schlägt Gregor vor.
„Wo finde ich das?", erkundigt sich Henny.
„Ganz unten auf der zweiten Seite."
Zum Glück steht eine Beschreibung des Gerichts dabei, sodass sich Henny nicht erneut mit ihrer Unwissenheit blamiert.
Es handelt sich um ein Gemisch aus Matjes, gepöckeltem Fleisch, Rote Beete und untergemengten Kartoffeln. Als Krönung dient ein Spiegelei obendrauf.
„Das nehme ich." Henny klappt die Speisekarte zu und legt sie an den Rand des Tisches.

„Okay, ich auch", schließt sich Gregor an.
Zusätzlich mundet Henny und ihm wenig später der von den Kindern verschmähte Salat.
Es herrscht weitestgehend Schweigen beim Essen. Erst nach ihrem letzten Bissen vom Schnitzel fragt Louise: „Darf ich einen Nachtisch haben?"
Henny staunt nicht schlecht, was in so einem kleinen Kindermagen Platz hat. „Ich habe nichts dagegen. Und du Luca? Wie sieht es mit dir aus?"
„Wenn Louise einen kriegt, will ich auch einen."
Der Futterneid unter den Geschwistern lässt grüßen. Henny ist es egal. Viola hat ihnen keine Vorschriften hinsichtlich der Mahlzeiten gemacht. Bei Emma dagegen achtet sie auf eine gesunde Ernährung, von den Plätzchen in der Weihnachtszeit einmal abgesehen.
Louise wählt *Rode Grütt* (Rote Grütze) mit Vanillesoße, und Luca schlägt mit Klütje mit Beernstipp zu. Dabei handelt es sich um einen gegarten Hefekloß mit Birnensoße.
Henny und Gregor begnügen sich mit der Bestellung eines Friesentees.
Unaufgefordert schenkt ihnen der Kellner zwei Mal nach.
„Wenn ihr keinen mehr wollt, müsst ihr den Löffel in die Tasse stecken", belehrt Luca sie. „Sonst sitzen wir heute Abend noch hier."
Tatsächlich bewirkt dieser Hinweis, dass der Kellner nicht mehr mit der Teekanne auftaucht.
Nach dem Bezahlen der Rechnung beratschlagen Henny und die anderen, was sie mit dem restlichen Nachmittag anstellen.
Louise äußert sich zuerst: „Ich mag am liebsten nach Hause meine Serie anschauen."
„Ich will zu meinem Freund Jan nebenan", verlangt Luca.
Henny tauscht einen ratlosen Blick mit Gregor aus. Es ist zu früh, um zurückzukehren. Henny schaut auf die Armbanduhr.
Viola erwartet in einer Stunde Kaufinteressenten. Ein

Zusammentreffen mit ihnen müssen sie auf jeden Fall vermeiden. Einer Eingebung folgend schlägt sie deshalb vor: „Bitte zeigt mir vorher den Strand. Ich habe mich so darauf gefreut."
Zunächst maulen die Zwillinge, bis Gregor eingreift: „Ich wette, Henny hat einige ihrer berühmten selbst gebackenen Kekse in der Tasche. Die dürft ihr probieren, wenn ihr einem Strandspaziergang zustimmt."
Henny hat indes wenig Hoffnung, dass die Kinder auf diesen Deal eingehen. Schließlich haben sie sich gerade erst den Magen im Restaurant vollgeschlagen. Sie wird eines Besseren belehrt.
Louise lenkt ein: „Okay, wir sammeln Muscheln."
Dagegen ist Luca nicht begeistert. „Wir haben im Keller Eimer voll davon. Was willst du damit?"
Seine Schwester überlegt nicht lange: „Etwas daraus basteln." Sie stupst Luca leicht in die Rippen. „Sei kein Spielverderber. Vielleicht findest du einen Schatz. Neulich sind Container im Sturm von einem Schiff gefallen. Teilweise wurde der Inhalt an Land gespült."
Diese Aussage überzeugt Luca: „Meinetwegen."
Als die Kinder vorausrennen, meint Gregor: „So anstrengend habe ich mir das nicht mit den beiden vorgestellt. Du glaubst nicht, was Luca alles von mir auf dem Spielpark verlangt hat. Ich kann kaum einen Knochen bewegen. So viel rumgeklettert bin ich in meiner ganzen Jugend nicht."
Henny kichert. „Ich bin durch die Höllenröhre ins Wasser gerutscht und fast im Auffangbecken ertrunken. Ein kräftiger Mann hat mich gerettet. Sicher habe ich mir scheußliche Hämatome zugezogen."
„Das tut mir leid, aber es war bestimmt das kleinere übel im Verhältnis zum Spielpark. Hoffentlich wollen die Kinder sobald dort nicht mehr hin."
Gentlemanlike bietet Gregor Henny seinen Arm zum Unterhaken, als sie die Stufen zum Strand hinunterklettern. Sie nutzen die kurze Gelegenheit, um sich auszutauschen.
„Glaubst du, die Kinder ahnen etwas von dem Haus-

verkauf?", fragt Henny. „Louise war im Schwimmbad dauernd allein auf Tour, sodass wir nicht viel miteinander geredet haben."
Gregor pflichtet bei: „Das war bei uns ähnlich. Trotzdem habe ich Luca ein wenig ausgehorcht. Sein Vater war in den Sommerferien schon nicht mehr mit auf Norderney. Angeblich ist er ein Workoholic. Luca traut dem Braten jedoch nicht so ganz. Er meinte, Tobias wäre es wohl leid, den Urlaub immer auf Norderney zu verbringen."
„Was tatsächlich ein Grund sein kann." Henny strauchelt fast im Sand und ist froh, sich an Gregor festzuhalten.
„Hoppla, stolper nicht. Morgen wollen wir den Heiligen Abend unversehrt überstehen", meint Gregor.
„Apropos Weihnachten. Ist dir aufgefallen, wie karg es im Wohnzimmer ist? Keinerlei Schmuck, der auf das Fest hindeutet. Nicht einmal ein Adventskranz. Das ist einfach trostlos für die Kinder. Sogar mir fehlt der Glanz."
„Mir auch. Was sollen wir dagegen tun? Wir können keinen Weihnachtsbaum herzaubern."
Henny seufzt leise. „Christbaumkugeln oder Lametta haben wir sowieso nicht. Trotzdem muss uns etwas einfallen. Es darf nicht sein, dass die letzte Erinnerung für die Zwillinge an das Ferienhaus schmucklose Weihnachten beinhaltet."
„Da gebe ich dir absolut recht. Das sollten wir ändern. Ich überlege mir etwas. Bis morgen ist ja noch Zeit. Womöglich wartet Viola die Kaufinteressenten ab und hat längst einen Tannenbaum irgendwo reserviert. Oder Tobias bringt einen vom Festland mit."
„Du glaubst wohl an den Weihnachtsmann." Hennys ernste Mimik weicht einem gequälten Lächeln. „Ich fürchte, wir müssen das in die Hand nehmen."
Ihre Spekulationen werden unterbrochen, als Louise und Luca auf sie zurasen.
„Hey, trödelt nicht so. Wir wollen nicht ewig am Strand sein." Louise plustert sich vor Henny auf. „Hast du die versprochenen Plätzchen für uns?"

„Klar." Henny befreit sich aus Gregors Arm, um in ihrer Umhängetasche zu kramen. Eine Tupperdose dient für Proviant, wenn sie mit Emma unterwegs ist. Diese hat sie mit den Keksen gefüllt.
Die Zwillinge greifen hinein und kosten.
„Hm ... die sind aber lecker", lobt Luca.
„Darf ich auch einen?" Gregor streckt die Hand aus.
„Bitte, nur zu."
Er wählt ein größeres Stück Spritzgebäck, stopft es jedoch nicht schnell genug in seinen Mund.
„Vorsicht", schreit Henny, die in einiger Entfernung eine riesige Silbermöwe am Himmel entdeckt. Zu spät. Der Vogel stürzt sich wenige Sekunden später auf Gregor und schnappt den Keks weg.
Luca hält sich den Bauch vor Lachen, und seine Schwester tut es ihm gleich. Unter Glucksern verrät er: „Da müsst ihr aufpassen. Die Viecher klauen alles, was nach Essen aussieht. Unserem Papa hat mal eine Möwe eine ganze Waffel voll Eis weggepickt."
Wie meistens nimmt Gregor die Situation mit Humor. „Gut, dass Henny so viel gebacken hat. Ich gönne dem Vogel den Genuss."
Nachdem die Dose leer gefuttert ist, drängt Louise zur Heimkehr. „Ich mag heute keine Muscheln sammeln."
„Strandgut gibt es auch nicht", tutet Luca in ihr Horn.
Verstohlen schaut Henny auf die Uhr. Wenn sie langsam radeln, könnte es zeitlich passen. Unterwegs stoppt sie diverse Male, indem sie Probleme mit der Kette vortäuscht. Gregor kapiert anscheinend, dass es Henny auf eine Verzögerung abzielt und spielt mit. „Wahrscheinlich muss das Ding geölt werden. Ich kümmere mich später darum." Er zwinkert Henny im Vorbeifahren zu.
Offenbar hat Louise die Nase voll vom ewigen Anhalten.
„Wir fahren voraus. Ihr kennt den Weg ja jetzt."
Ehe Henny oder Gregor reagieren, sind die Zwillinge um die nächste Ecke gebogen.
Henny stöhnt auf. „Wir können nur hoffen, dass Viola

wieder allein ist."
Ihr Wunsch geht nicht in Erfüllung. Bereits von Weitem beobachtet Henny, wie Viola ein Paar vor einem fremden Auto verabschiedet, während Louise und Luca vor der Haustür miteinander tuscheln. Spätestens in diesem Moment wissen sie wohl Bescheid. So ein Mist. Henny fühlt sich schuldig. Hätten sie bloß am Strand eine halbe Stunde länger verweilt, dann wäre den Kindern die Hiobsbotschaft vom Verkauf wenigstens bis nach den Feiertagen erspart geblieben.
Der Wagen fährt ab, bevor Henny und Gregor das Haus erreichen. Sie platzen mitten in die Diskussion zwischen Viola und ihren Sprösslingen.
„Wer waren die?", brüllt Luca.
„Die haben nach dem Weg gefragt", weicht Viola aus und schiebt die beiden in den Flur. Wahrscheinlich, damit die Nachbarn nicht aufmerksam werden.
Henny und Gregor schleichen hinterher.
Viola dreht sich um und wirft ihnen einen vorwurfsvollen Blick zu. „Warum kommt ihr so früh zurück?"
Louise lässt weder Gregor noch Henny eine Chance zum Antworten, sondern schreit ihre Mutter an: „Du wolltest, dass wir weg sind, wenn die Leute unser Haus besichtigen, stimmt's? Ihr verkauft es. Das ist so gemein. Warum? Wir sind so gern hier."
Louises Gefühlsausbruch verreißt Henny vor Mitleid das Herz. Das Mädchen beginnt zu weinen.
Brüderlich legt Luca seinen Arm um seine Schwester. „Wir sind doch unwichtig. Papa und Mama entscheiden alles ohne uns."
Er zieht Louise die Treppe hinauf, und kurze Zeit später knallt eine Tür.
„Soll ich mal nach den Kindern schauen?", bietet Gregor an.
„Ich würde sie eher eine Weile in Ruhe lassen", widerspricht Henny. „Sie trösten sich erst einmal gegenseitig."
Viola ist kreidebleich geworden. „Genau das wollte ich

verhindern."
„Es tut uns leid", ergreift Henny das Wort. „Du hattest uns ja eine Zeit zur Rückkehr genannt. Die haben wir eingehalten."
„Ich weiß. Entschuldigt meinen Ausbruch. Euch trifft keine Schuld", lenkt Viola ein. „Die Leute sind ernsthaft interessiert und haben tausend Fragen gestellt. Das sprengte den Rahmen. Ich konnte sie nicht eher loswerden. Auf der anderen Seite haben die Kinder ein Recht auf die Wahrheit. Nur Weihnachten wollte ich ihnen nicht verderben." Offensichtlich benötigt die Zwillingsmutter genauso Trost, denn Tränen laufen ihr plötzlich übers Gesicht. „Es ist alles so furchtbar", gesteht sie unter Schluchzern.
„Was genau?", hakt Henny nach.
Energisch wischt sich Viola mit dem Handrücken die Augen trocken. „Ach, nichts. Ich hänge so an dem Haus. Ich habe es von meiner Großmutter geerbt und bereits als Kind meine Ferien hier verbracht."
„Warum behältst du es nicht? Ihr könntet ab und zu woanders in Urlaub hinfahren und es vermieten", lautet Gregors Einwand.
„Wenn das alles so einfach wäre." Mehr sagt Viola nicht zu diesem Thema. „Ich gehe rauf zu den Kindern und erkläre ihnen die Situation. Dann hat das Lügen ein Ende."
„Eine Frage habe ich", äußert Gregor. „Wird es zum Heiligen Abend einen geschmückten Weihnachtsbaum geben?"
Entgeistert blickt Viola aus ihren traurigen Augen. „Nein, dieses Jahr habe ich keinen mitgeschleppt."
„Darf ich einen besorgen?" Gregor wirft offensichtlich nicht so schnell die Flinte ins Korn.
„Auf der ganzen Insel wirst du keinen mehr auftreiben." Mit diesen Worten steigt Viola in die erste Etage zu ihren Kindern hinauf.
„War das trotzdem ein *Ja*?", vergewissert sich Gregor bei Henny.

„Interpretationssache. Viola hat es nicht ausdrücklich verboten, dass wir uns darum kümmern."
„Wetten, ich finde einen?"
„An deiner Stelle wäre ich nicht so euphorisch. Es dämmert bereits. Wie willst du einen Tannenbaum überhaupt transportieren? Dein *Toni* hat keinen Gepäckträger. Das Fahrrad ist ebenso wenig geeignet."
„Würdest du mich eventuell bei meiner geheimen Mission unterstützen?"
„Kommt darauf an, was du von mir verlangst." Henny ist auf der Hut. Inzwischen kennt sie Gregors spontane Ideen.
„Ich ziehe nochmals los. Halt du dich bitte in deinem Zimmer mit dem Smartphone bereit, bis ich mich melde."
„Sag erst, was du planst." Vor erneuten Überrumpelungsmanövern graust es Henny.
„Das weiß ich selbst nicht so genau. Zunächst klappere ich alle vorhandenen Tannenbaumverkäufer auf Norderney ab. Ich glaube nicht an einen Ausverkauf."
„Du hast Nerven."
„Hilfst du mir oder nicht?" Gregors Geduld scheint nicht grenzenlos zu sein.
„Von mir aus. Denk aber bitte daran, dass ich mit meinem kaputten Rücken nichts Schweres tragen kann", bäumt sich Henny auf. Es hätte ihr gerade noch gefehlt, mit einem neuen Bandscheibenvorfall im Krankenhaus zu landen.
„Keine Sorge", behauptet Gregor. „Im schlimmsten Fall musst du höchstens Schmiere stehen."
Ehe Henny protestiert, fällt hinter Gregor die Haustür ins Schloss. Ihr schwant Übles. Hoffentlich plant Gregor nichts Kriminelles.

♥

KAPITEL 11

Viel länger kann Henny nicht in ihrem Zimmer ausharren, um auf Gregors Nachricht zu warten. Abendessen ist in einer halben Stunde anberaumt. Ungeduldig hakt Henny deshalb per WhatsApp bei Gregor nach:

Wie ist der Stand? Hast Du einen Tannenbaum aufgetrieben?

Es dauert eine gefühlte Minute, bis er antwortet:

Fehlanzeige. Du hattest recht. Befinde mich auf dem Rückweg.

Nun ist guter Rat teuer. Gregors Prognose, einen aufzutreiben, war so überzeugend, dass Henny fast vom Gelingen überzeugt war. Improvisation ist angesagt, aber wie? Hat Luca nicht eimerweise Muscheln im Keller erwähnt? Henny könnte sie mit den Kindern an Schnüren aufreihen. Ohne sie in einen Weihnachtsbaum zu hängen, macht das allerdings wenig Sinn. Mit Wehmut denkt Henny an ihr schön geschmücktes Zuhause. Wie sehr vermisst sie Sophia und Emma. Wie verleben die beiden mit Vince Weihnachten in Australien? Durch die Zeitverschiebung feiern sie viel früher den Heiligen Abend im Vergleich zu Norderney. Henny wird folglich ihren Lieben bereits am Vormittag schöne Feiertage wünschen.
In ihren Gedanken gefangen bemerkt Henny das Klopfen an der Verbindungstür nicht, bis es lauter an ihr Ohr dringt.
Sie öffnet Gregor, der ins Zimmer schlüpft.
„Das war eine Pleite. Die restlichen Weihnachtsbäume bei

den Händlern sind alle vorbestellt. Ich habe versucht, einen gegen Aufpreis abzuschwatzen. Vergeblich." Sein zerknirschter Gesichtsausdruck entlockt Henny ein Lächeln. „Dein guter Wille zählt. Ich finde es rührend, wie du dich um die Kinderseelen sorgst."
„Wirklich?"
„Ja, man merkt, dass du mit Leib und Seele Opa bist."
„Ist das alles? Was bin ich denn für dich?"
Einem Moment fühlt sich Henny in die Enge getrieben. Was bezweckt Gregor mit seiner seltsamen Frage? Soll das etwa ein Flirtversuch sein? Damit weiß Henny nicht umzugehen. „Du bist mein Nachbar, der mich zu einer Abenteuerreise überredet hat. Wir verspäten uns zum Abendessen. Lass uns in die Küche gehen." Sie liest an Gregors Mimik ab, dass ihn diese Antwort wenig befriedigt, aber er fügt sich ihrer Aufforderung.
Viola hantiert allein in der Küche. Der Tisch ist bereits gedeckt. Eine Brotzeit steht bereit.
„Wir können uns den Küchendienst gern teilen", schlägt Henny vor. Es fällt ihr stets schwer, sich bedienen zu lassen.
Gregor pflichtet ihr sofort bei: „Genau. Das Abräumen erledigen wir später."
„Wo sind die Kinder?", erkundigt sich Henny.
„Die essen ausnahmsweise auf ihrem Zimmer. Sie sind sauer auf mich und verarbeiten erst einmal den Hausverkauf allein. Luca denkt, Tobias hat keine Lust mehr, mit ihnen die Ferien zu verbringen. Das tut mir besonders weh, denn es stimmt nicht. Wir werden nie mehr als Familie zusammen in Urlaub fahren." Verdächtig durch die Nase schniefend schüttet Viola den Friesentee in die Tassen.
Gregor tritt Henny leicht unter dem Tisch ans Bein. Sie hat eine Ahnung, was das bedeuten soll. Er rechnet anscheinend mit Violas Beichte und hat recht.
„Ich möchte euch nicht länger im Unklaren darüber lassen, dass Tobias und ich nur noch auf dem Papier verheiratet

sind. Seit einigen Wochen spielen wir den Kindern die Familienidylle vor. Wahrscheinlich ahnen sie bereits, dass etwas im Busch ist. Ich habe Tobias sein Versprechen abgenommen, wenigstens ein letztes Mal gemeinsam hier Weihnachten zu feiern. Ob das so eine gute Idee ist, bezweifele ich inzwischen.“ Viola stockt. Vermutlich kämpft sie gegen die aufsteigenden Tränen an.
„Gibt es einen bestimmten Grund für eure Trennung?“, tastet sich Henny vor.
„Pah, leider ja. Tobias steigt mit seiner neuen Assistentin ins Bett.“
„Hast du die beiden erwischt?“, fällt Gregor mit der Tür ins Haus.
Henny verdreht innerlich die Augen. Typisch für einen Mann, solch eine intime Frage zu stellen.
„Nein, aber ich habe eindeutige Indizien entdeckt. Tobias‘ Ausreden, seine Unpünktlichkeit zu erklären, wurden immer abstruser. Erst habe ich ihm seinen erhöhten Arbeitsaufwand geglaubt, bis sein Handy öfter abgeschaltet war, wenn ich ihn erreichen wollte. Das ist vorher nie passiert. Wahrscheinlich war er in dieser Zeit mit der Tussi zugange.“
Bitter klingen die Sätze aus Violas Mund.
Sofort verspürt Henny große Solidarität mit der betrogenen jungen Frau. „Können wir dir irgendwie helfen?“
„Das tut ihr, indem ihr euch um die Zwillinge kümmert. Die echten Großeltern väterlicherseits befinden sich auf den Kanarischen Inseln zum Überwintern, und meinen Eltern will ich die Situation nicht zumuten. Schließlich handelt es sich bei diesem Haus um Familienbesitz. Der Verkauf wird auch ihnen das Herz brechen.“
„Gibt es gar keine Möglichkeit für dich, es zu behalten?“, schaltet sich Gregor ein.
„Leider nein. Ich war so naiv, Tobias hälftig als Eigentümer ins Grundbuch eintragen zu lassen. Es mussten einige Dinge restauriert werden, und für den

Kredit verlangte die Bank das."
„Okay, ich kenne eure weiteren Vermögensverhältnisse nicht, aber vielleicht gleicht ihr den Verbleib des Hauses bei dir irgendwie anderweitig aus." Aus Gregor spricht offenbar der erfahrene Steuerberater. „Berät euch ein Anwalt?"
„Bisher nicht. Zugegebenermaßen handele ich ziemlich kopflos. Ich bin einfach so verletzt und enttäuscht von meinem Mann."
„Verständlich." Henny ergreift kurz Violas Hand über den Tisch und drückt sie. „Wann plant ihr, eure Trennung den Kindern zu sagen?"
„Womöglich ahnen sie es bereits. Darüber direkt gesprochen haben wir bisher nicht. Ich weiß, dass wir ihnen die Wahrheit schuldig sind. Weihnachten sollen sie noch unbeschwert genießen. Damit Tobias und ich uns in ihrer Gegenwart zusammenreißen, haben wir euch engagiert. Es tut mir leid, euch mit unseren Problemen zu belasten. Das war nicht so vorgesehen."
„Wir geben unser Bestes, damit Louise und Luca bei ihrem vorerst letzten Aufenthalt auf Norderney nicht unter der Situation leiden", versichert Gregor.
„Das ist total lieb von euch. Lasst uns lieber über erfreulichere Dinge reden. Wie war euer Tag?"
In der nächsten halben Stunde erzählen Henny und Gregor abwechselnd von ihren Erlebnissen. Die Geschichte mit der Möwe zaubert Viola sogar ein Lächeln ins Gesicht.
Nichtsdestotrotz verabschiedet sich Henny nach dem Aufräumen der Küche auf ihr Zimmer. Dass Gregors Vermutungen alle der Realität entsprechen, stimmt sie nachdenklich. Er entpuppt sich als Menschenkenner. Bei Hubert ist ihr eine derartige Kombinationsgabe nie aufgefallen. Ihn schienen die Probleme anderer Leute nicht sonderlich zu interessieren. In seinen kleinen Firmenkosmos drangen sie nicht ein. Alles drehte sich um Aufträge und deren Ausführung. Henny hielt ihrem Mann

hinsichtlich privater Angelegenheiten stets den Rücken frei. Sophias schlechte Noten in der Schule oder Querelen mit Freundinnen bekam er nie mit. War das ein Fehler? Schließlich arbeitete Henny genauso in der Firma. Wieso hat sie die Doppelbelastung nicht mit Hubert geteilt? Es macht wenig Sinn, im Nachhinein darüber zu philosophieren. Könnte sie jedoch die Uhr zurückdrehen, würde Henny in ihrer Ehe einige Sachen anders handhaben.
Als sie grübelnd in ihrem Bett liegt, kündigt ihr Handy eine Nachricht an. Gregors Name leuchtet auf dem Display auf.

Ich traue mich nicht mehr, bei Dir zu klopfen, habe aber eine Idee für den Weihnachtsbaum. Lockst Du mit mir die Kinder morgen früh an den Strand?

Henny stöhnt leise auf. Ihr Plan für den nächsten Tag besteht darin, von ihrem Zimmer aus in Ruhe mit ihrer Familie zu telefonieren. Was will Gregor am Strand? Dort wachsen sicher keine Tannenbäume. Sie hakt nach:

Kannst Du das nicht mit Louise und Luca allein machen? Ich möchte meiner Tochter frohe Weihnachten wünschen. In Australien sind sie einige Stunden voraus.

Gregors Reaktion liest sich nicht begeistert.

Wir brauchen alle Arme, auch Deine. Vielleicht hast Du doch Zeit. Wir warten einfach mit der Aktion bis nach Deinem Gespräch. Schlaf gut.

Was heckt Gregor bloß wieder aus?

♥♥♥

Am Frühstückstisch herrscht Schweigen, was völlig ungewöhnlich für die Zwillinge ist. Sie stochern lustlos in ihrem Müsli herum. Das ändert sich, als Gregor vorschlägt:

„Ich benötige eure Hilfe. Eine Idee spukt in meinem Kopf herum, wie wir zu einem Weihnachtsbaum kommen."
„Willst du nebenan im Garten einen klauen, und wir sollen Schmiere stehen?", verdächtigt Luca seinen Leihopa.
Gregor lacht. „Das traust du mir zu? Nein, die Gefängniszelle von Norderney mag ich nicht kennenlernen."
„Spann uns nicht auf die Folter", verlangt Henny, die nervös auf die Küchenuhr schaut. In fünf Minuten ist sie mit Sophia telefonisch verabredet.
„Ich sage es euch erst am Strand." Gregor bleibt stur. „Sobald Henny mit ihrer Tochter gesprochen hat, brechen wir auf. Zieht euch Sachen an, die schmutzig werden dürfen."
In Windeseile schlürft das Zwillingspaar das Müsli aus.
„Mama, kommst du auch mit?", fragt Louise.
„Nein, ich habe das Weihnachtsessen für heute Abend beim Catering-Service bestellt. Es wird später geliefert." Um was es sich handelt, plaudert Viola nicht aus.
In der Regel liebt Henny keine Überraschungen zum Essen, aber dieses Mal spielen sie bei all dem Chaos keine Hauptrolle wie sonst zu Weihnachten.
Soweit es ihre Rückenschmerzen erlauben, steigt Henny hinauf in ihr Zimmer. Das Smartphone auf dem Nachttisch klingelt bereits. Ein kurzer Sprung dorthin verhindert, dass Sophia wieder auflegt.
„Frohe Weihnachten", wünscht Henny ihrer Tochter.
„Danke, dir auch."
„Hattet ihr schon Bescherung?", beginnt Henny mit Smalltalk.
„Ja, Vince hat sogar einen künstlichen Tannenbaum von einem Kollegen ausgeliehen. Emma ist begeistert von den Lichtern. Übrigens gibt sie deinen Schutzengel nicht mehr aus der Hand. Sie plappert ständig mit ihm, und er soll dir alles weitersagen."
Bei Henny drückt es automatisch auf die Tränendrüse. „Ich vermisse euch."
„Wir dich. Nächstes Jahr bringt uns nichts auseinander."

„Darf ich mit Emma reden?“
„Natürlich.“
Zunächst lauscht Henny, ob ihre Enkelin etwas sagt. Als nichts zu hören ist, meldet sie sich: „Hallo, meine Süße, hier ist die Omi. Was hat dir das Christkind gebracht?“
„Den Engel.“ Sehr kommunikativ scheint Emma nicht zu sein.
Sophia hat ihr offenbar das Telefon wieder abgenommen. „Sie ist hundemüde. Alles Neue saugt sie auf wie ein Schwamm das Wasser.“ Unglücklicherweise stellt ihre Tochter die Frage, vor der sich Henny gefürchtet hat. „Was hast du heute vor? Weihnachtsfeier bei der Tafel?“
Einen Augenblick zögert Henny. Warum soll sie Sophia belügen? Da sie bereits die Reise nach Norderney überstanden hat, muss sich Sophia nicht sorgen. „Ich bin nicht in Berchtesgaden“, outet Henny ihr Geheimnis.
„Hast du einen Ausflug nach Salzburg gemacht?“
„Nein, nach Norderney.“
„Wie bitte? Du, der Anruf ist zu teuer für komische Scherze.“
„Es ist die Wahrheit.“ In wenigen Sätzen fasst Henny die Geschehnisse zusammen.
„Dich darf man wirklich nicht allein lassen. Ausgerechnet mit unserem Nachbarn bist du unterwegs. Hast du keine Angst, dich möglicherweise einem Kriminellen anzuvertrauen?“, braust Sophia auf.
„Red keinen Quatsch. Gregor hat sich nichts zu Schulden kommen lassen. Zu uns war er immer freundlich und hilfsbereit. Ich hätte dir nichts erzählen sollen.“
„Doch, aber vor deiner Abreise. Die hätte ich dir nämlich verboten.“
Gegen ihren Willen lacht Henny. „Jetzt übertreibst du. Wir sollten nicht streiten. Es ist Weihnachten, das Fest der Liebe.“
Sophia lenkt endlich ein: „Pass gut auf dich auf. Demnach kehren wir fast gleichzeitig nach Berchtesgaden zurück. Holst du uns wie verabredet vom Flughafen ab?“

„Logisch. Ich bin zwei Tage eher als ihr zuhause."
Henny ist erleichtert, als sie auf das rote Symbol zum Auflegen drückt. Die Reaktion ihrer Tochter hat sie zwar vorausgeahnt, aber sie akzeptiert Sophias Vorurteil gegen Gregor nicht. Dass Henny plötzlich Eigeninitiative zeigt, ist für Sophia allerdings neu. Vielleicht muss sie sich in Zukunft daran gewöhnen. In Henny reift der Gedanke, wieder mehr zu unternehmen und nicht ständig auf ein Zeichen ihrer Familie zu warten. Die hat ihr eigenes Leben. Trotzdem wird Henny bereit sein, ihr zu helfen, wenn sie gebraucht wird.
Mit diesem Vorsatz schließt sie sich wenig später Gregor und den Kindern auf dem Fahrrad an. Zu Hennys Erstaunen hat Gregor die Gepäckständer mit Körben und großen Taschen bestückt.
„Wir fahren zur *Weißen Düne*. Circa vier Kilometer gilt es zu strampeln", erklärt Gregor.
„Warum soweit?", beschwert sich Henny.
„Wie ein Tannenbaumverkäufer mir verraten hat, finden wir dort jede Menge Treibholz."
„Was machen wir damit?" Luca scheint über den Sinn nachzudenken.
„Wir bauen daraus einen Weihnachtsbaum." Gregors Augen glänzen. „Henny und ihr bastelt aus Muscheln den Schmuck zum Reinhängen."
Während Luca die Augen rollt, ruft Louise eifrig aus: „Mega cool. Das wird der verrückteste Baum. Ich poste ihn auf Instagram. Wetten, dass ich noch mehr Follower erhalte?"
Wenn Gregor auch einen Begeisterungsausbruch von Henny erwartet hat, wird er enttäuscht: „Du hast kein Werkzeug. Wie willst du die Hölzer aufeinander schrauben?"
„Keine Bange. Als du mit deiner Tochter telefoniert hast, war ich beim Nachbarn von Viola und Tobias. Er hat mir seinen Werkzeugkasten ausgeliehen samt Bohrer, mit dem ich die Löcher hinkriege."

„Alle Achtung“, lobt Henny nun beeindruckt. „Du bist wirklich praktisch veranlagt. Dann radeln wir mal los, bevor der Heilige Abend vorbei ist.“
Zwanzig Minuten später bereut Henny den Ausflug nicht mehr. Der Oststrand entpuppt sich als wahrcs Paradies. Umgeben von einer imposanten Dünenlandschaft erstreckt sich ein blütenweißer Sandstrand. Von Italien oder Kroatien kennt Henny so etwas nicht. Im Sommer tummeln sich bestimmt Massen von Urlaubern hier herum. Heute präsentiert er sich dagegen einsam und verlassen. Idylle pur. Tief einatmend pumpt Henny die reine Luft in ihre Lungen.
„Los, Henny, trödel nicht“, ruft Gregor ihr zu. „Wir haben viel zu tun.“
Etwa zweihundert Meter weiter findet Luca das erste Treibholz.
Die mitgenommenen Behälter füllen sich schnell.
„Ich glaube, das reicht für einen stattlichen Baum“, meint Gregor zuversichtlich. Er nimmt Henny den schweren Korb aus der Hand. Die Kinder schleppen einen gemeinsam in ihrer Mitte.
Nach ihrer Rückkehr zum Haus schauen Henny und die Kinder im Garten zu, wie Gregor zunächst die einzelnen Holzstücke nach Größe sortiert. Luca assistiert ihm beim Aufeinanderstapeln und Zusammenbohren.
„Krass. So einen coolen Weihnachtsbaum hatten wir noch nie.“ Luca spart nicht mit Anerkennung.
Auch Henny ist insgeheim verblüfft über Gregors Kreativität. Die hätte sie ihm nicht zugetraut. Ihre Bewunderung behält sie für sich.
Als das Werk vollendet ist, tragen sie es gemeinsam durch die Terrassentür ins Wohnzimmer.
Viola klatscht vor Überraschung in die Hände. „Was so ein Opa alles kann. Fantastisch, Gregor. Einen Moment.“ Sie kehrt mit LED-Kerzen zurück. Die habe ich in der Vorratskammer entdeckt. Wir haben sie wohl im vergangenen Jahr vergessen.“

„Genial." Geschickt befestigt Gregor die Kerzen mit Draht auf dem Gebilde. „Jetzt fehlt etwas Baumschmuck. Ihr seid dran", fordert er die Kinder auf.
„Ich helfe euch." Nachdem Gregor Löcher in die Muscheln gebohrt hat, fädelt Henny sie gemeinsam mit Louise und Luca auf Kordelstücke auf. Anschließend dekorieren sie den Treibholzbaum damit.
Wie angekündigt lichtet Louise ihn sofort mit ihrem Smartphone ab. „Ich bin gespannt, wie er Papa gefällt. Wann kommt er überhaupt, Mama?"
Viola zuckt mit den Schultern. „Er hat keine konkrete Uhrzeit genannt. Sicher hängt es vom Verkehr ab, welche Fähre Tobias erwischt. Ich hoffe, er trifft bis zum späten Nachmittag ein."
„Jedenfalls duftet es herrlich", bemerkt Henny. „Gibt es Puter?"
„Ja, mit Knödeln, Soße und Rotkohl. Mögt ihr das?", wendet sich Viola an Henny und Gregor.
Sie bejahen beide mit den Köpfen nickend.
Viola schickt ihren Nachwuchs in die Badewanne, denn Sand und Schmutz gehören nicht zu einem Heiligen Abend.
Auch Henny zieht sich eine Weile auf ihr Zimmer zurück, nachdem sie den Tisch festlich mit Viola gedeckt hat. Eine gewisse Anspannung hat Henny ihr angemerkt. Wahrscheinlich beunruhigt sie die Begegnung mit ihrem Mann.
Was für ein Typ er wohl ist?

♥

KAPITEL 12

Entgegen Hennys sonstiger Gepflogenheit schminkt sie sich leicht für die Bescherung. Mit Sorgfalt kämmt sie ihre Haare nach hinten und sprüht sie mit Taft fest.
Das schwarze Kleid mit den Pailletten ist extra für diesen speziellen Abend in den Koffer gewandert. Es ist ihr unangenehm, für Louise und Luca kein Geschenk zu haben. Die Reise war zu überstürzt, als dass sie daran gedacht hätte. Nur die beiden Plätzchendosen steuert sie bei. Besser als nichts.
Von der unteren Etage sind Geräusche zu hören. Offenbar ist Tobias eingetroffen. Deshalb mag Henny die Familie erst einmal nicht stören.
Nach Violas Zeitplan sind Henny und Gregor ohnehin erst in einer halben Stunde im Wohnzimmer erwünscht.
Es klopft an die Verbindungstür. Wahrscheinlich langweilt sich Gregor.
Henny öffnet und sieht sich mit Erstaunen einem herausgeputzten Nachbarn gegenüber. „Wow", entfährt es ungewollt ihren Lippen.
Gregor trägt eine braune lange Hose, ein weißes Trachtenhemd mit Hirschhornknöpfen und einen grünen Janker darüber.
„Willst du ein Stück bayerische Tradition im Norden demonstrieren?", meint Henny amüsiert.
Ehrlich wie Gregor ist, antwortet er: „Ich besitze nichts Eleganteres. Dafür siehst du umwerfend schick aus."
Erneut läuft Hennys Gesichtsfarbe rot an. Mit einer wegwerfenden Handbewegung übertüncht sie ihre Verlegenheit. Dabei macht es ihr inzwischen Spaß,

Komplimente von Gregor einzuheimsen. Von Hubert bekam sie nach der Hochzeit sehr selten welche.
„Magst du dich einen Moment aufs Sofa setzen, bis wir nach unten gehen?"
„Gern."
„Bist du auch gespannt auf Tobias?", ermittelt Henny.
Gregor räuspert sich: „Ohne ihn gesehen zu haben, könnte ich ihn in den Hintern treten. Er hat so eine nette Familie und riskiert sie wegen einer Affäre. Hoffentlich vergesse ich nicht meine gute Erziehung."
„Es steht uns kein Urteil über ihn zu. Was zwischen ihm und Viola gelaufen ist, wissen wir nicht."
„Mir tun in erster Linie die Kinder leid. Sie hocken zwischen den Stühlen, obwohl sie beide Elternteile lieben. Wenn mein Sohn sich mit seiner Frau streitet, versuche ich immer zu vermitteln."
Erstaunt zieht Henny eine Augenbraue hoch. „Deine Einmischung lassen sie sich gefallen? Sophia würde mir sofort Einhalt gebieten. Sie fragt mich zwar schon mal um Rat, aber das weiß ihr Vince sicher nicht."
„Du vergisst, dass ich mit Thomas und Frauke unter einem Dach lebe. Dabei ist es kaum zu vermeiden, einen Streit zu ignorieren. Der wird meistens nicht nur im stillen Kämmerlein ausgetragen, sondern am Esstisch."
„Okay, das ist bestimmt nicht einfach für dich."
„Vor allem, wenn es um meine Enkel geht. Für die ergreife ich automatisch Partei, was oft nicht richtig ist. In die Erziehung sollte ich mich so wenig wie möglich einmischen."
„Erkenntnis ist der erste Weg zur Besserung."
Plötzlich wechselt Gregor das Thema. „Hat dich dein Hubert mal betrogen?"
„Falls ja, habe ich es nicht gemerkt." Henny findet dieses Verhör zu intim.
Gregor gibt dagegen freimütig zu: „Meine Frau hatte einmal während unserer Ehe einen Urlaubsflirt. Sie war allein auf Capri zu einem Malkurs. Selbstverwirklichung

nannte sie das. Dabei hat sie sich in ihren Lehrer verguckt. Einige Zeit nach ihrer Rückkehr trudelten Briefe bei uns ein. Sie dachte scheinbar, ich würde sie nicht entdecken."
„Briefe? Im Zeitalter von WhatsApp und Mails?"
„Es handelte sich offenbar um einen Romantiker. Auf der Rückseite des Umschlags befand sich immer eine Zeichnung. Mal eine Blume, mal ein Motiv von Capri. Ziemlich begabt der Typ."
„Warst du nicht eifersüchtig und hast deine Frau zur Rede gestellt?"
„Zunächst nicht. Ich war zu dem Zeitpunkt beruflich ziemlich eingespannt mit großen Betriebsprüfungen, bei denen man als Steuerberater rotiert. Irgendwann lag dann so ein Brief neben dem Kaffeeautomaten. Wahrscheinlich hatte sie ihn dort vergessen. Ich sprach sie darauf an."
„Und? Was steckte dahinter?", drängt Henny, als Gregor innehält.
„Hm ... sie versicherte mir, dass es sich um reine Freundschaft handelte. Angeblich war nichts Intimes zwischen ihr und dem Maler."
„Und du hast ihr das geglaubt?" Henny fühlt sich auf einmal unwohl in ihrer Haut. Wackelt die Geschichte von dem Segelunfall? Eifersucht wäre auf jeden Fall ein Motiv. Schnell verstaut Henny ihren bösen Gedanken in die hinterste Gehirnschublade. Gregor hat es nicht verdient, ihm zu misstrauen. Sie schämt sich für ihre Fantasie. Das verstärkt sich, als Gregor ein Päckchen aus seiner Hosentasche zaubert und es Henny überreicht. „Für dich. Eine Kleinigkeit zu Weihnachten."
„Danke. Das bringt mich in Verlegenheit. Ich habe nichts für dich."
„Du hast mich mit deinen köstlichen Keksen versorgt. Ich weiß, wie viel Arbeit in ihnen steckt." Gespannt beobachtet Gregor, wie Henny das Geschenk enthüllt.
Ein Schlüsselanhänger mit den Umrissen von Norderney aus Silber hält sie wenig später in Händen. An ihm befestigt ist ein Zettel, den Henny entfaltet.

Gutschein für ein Dinner zu zweit auf Norderney in einem Restaurant Deiner Wahl. Vielleicht eins, wo es Grünkohl mit Pinkel gibt?
Frohe Weihnachten,
Dein Gregor

Henny ist zu verblüfft, um sofort darauf zu reagieren.
„Magst du nicht mit mir essen gehen?“, bohrt Gregor sofort nach und wirkt enttäuscht.
Eilig dementiert Henny seine Annahme. „Im Gegenteil. Ich finde das total nett von dir. Vielen Dank. Aber wann sollen wir den Gutschein einlösen? Wir haben keinen Abend ohne Kinder.“
Gregor widerspricht mit einem Grinsen im Gesicht: „Viola gibt uns morgen frei. Jetzt, wo Tobias da ist, möchte die Familie mal für sich sein. Da stören wir als Fremde. Weißt du, was Viola gesagt hat?“
„Ich bin keine Hellseherin.“
„Sie wünscht uns einen wundervollen Abend. Nach ihren Maßstäben hat sie noch nie so ein harmonisches Paar in unserem Alter kennengelernt wie uns.“
Henny kichert. „Gib’s zu. Du flunkerst.“
„Nein, es ist mein Ernst. Wahrscheinlich wirken wir nach außen so, eben weil wir nicht zusammengehören.“
„Mag sein.“ Henny kürzt den Dialog ab, um zu verhindern, dass Gregor ihr zu nahe auf die Emotions-Pelle rückt. „Wir sollten zur Bescherung pünktlich sein.“
Der Treibholz-Weihnachtsbaum erstrahlt bereits im Lichterglanz, als Gregor und Henny im Wohnzimmer eintreffen. Geschenke liegen um ihn herum, vermutlich für Louise und Luca.
„Wie schön, da seid ihr ja“, begrüßt Viola sie. Im Gegensatz zu sonst sieht die Zwillingsmutter nicht so blass aus. Make-up ist eine geniale Erfindung. Ihre Haare fallen gelockt auf die Schultern, und das enge rote Kleid verleiht Viola Sexappeal. Ein Versuch, Tobias zurückzugewinnen? Ihr Ehemann glänzt durch Abwesenheit, aber Viola klärt

auf: „Tobias und die Kinder zünden vor der Bescherung in der Inselkirche Kerzen an. Das tun sie jedes Jahr. Setzt euch."
Henny und Gregor folgen ihrer Aufforderung. Wohlige Wärme vom Kaminfeuer umflutet sie.
Viola kehrt kurz darauf mit einem Tablett voller Gläser und einer Flasche Champagner zurück. „Öffnest du bitte, Gregor? Ich bin zu ungeschickt und will euch nicht baden."
„Er kann das perfekt", behauptet Henny, die aus Erfahrung spricht.
„Danke für die Blumen, *Schatz.*" Gregor zwinkert Henny mit einem Auge zu.
„Wie schafft ihr es, nach so vielen Jahren miteinander glücklich zu sein?", erkundigt sich Viola und hält Gregor die Gläser zum Befüllen hin.
Irritiert blickt Henny zu Gregor, der nie auf den Mund gefallen zu sein scheint: „Purer Zufall, die richtige Frau erwischt zu haben. Bei uns passt einfach alles. Ab und zu gibt es mal Zoff, aber dafür ist die Versöhnung umso schöner."
„Beneidenswert." Viola stößt einen tiefen Seufzer aus, während Henny am liebsten laut loslachen würde. Die Heiterkeit vergeht ihr postwendend, als Viola nachhakt. „Wie habt ihr beide euch kennengelernt?"
„Ich ... wir ...", stottert Henny.
Glücklicherweise stürmen in diesem Moment die Zwillinge herein.
Louise wendet sich strahlend an Henny. „Wir waren mit Papa in der Kirche und haben auch für euch beide eine Kerze angezündet, damit ihr immer gesund bleibt."
„Das ist ganz lieb von euch." Henny ist gerührt. „Und wo ist euer Papa?"
„Hier bin ich." Tobias betritt die Bühne. „Ich nehme an, wir duzen uns alle", führt er sich ein.
Gregor verlässt den Platz neben Henny und reicht Tobias die Hand. „Schön, dass wir den Heiligen Abend mit euch

verbringen dürfen.“
„Der Dank gebührt Viola und mir.“ Er begrüßt Henny, die stutzt, als sie Tobias’ grünlich schimmernde Augen intensiv betrachtet. Sein Gesicht hat sie schon irgendwo einmal gesehen. Im Fernsehen? Quatsch. Wie Viola erzählt hat, betreibt ihr Mann eine Werbeagentur. Wahrscheinlich täuscht sich Henny. Tobias sieht bestimmt jemandem aus ihrem Umfeld ähnlich.
Zunächst stoßen sie miteinander auf schöne Feiertage an, bis die Zwillinge es nicht mehr aushalten. „Dürfen wir unsere Geschenke auspacken?“
Ihre Mutter nickt, woraufhin sie sich auf die Päckchen stürzen. Von Ahs und Ohs begleitet freuen sie sich über die Gaben. Vorläufig sind die beiden beschäftigt, was Viola nutzt, um Henny und Gregor zu verblüffen. Sie drückt ihnen jeweils eine Kugel in die Hand, Henny eine rote, Gregor eine blaue.
„Was macht man damit? Kugelstoßen?“, findet Gregor als Erster Worte.
Tobias lacht. „Das bleibt unser Geheimnis. Übermorgen zeigen wir euch, was es mit den Dingern auf sich hat. Solange müsst ihr euch gedulden.“
„Vielen Dank“, äußert Henny. „Vor Überraschungen ist man hier wohl nie sicher.“ Die Doppeldeutigkeit ihrer Worte versteht hoffentlich nur Gregor.
Schließlich bittet Viola zu Tisch. Fast zu perfekt spielt sie mit Tobias das harmonische Ehepaar. Wüsste es Henny nicht besser, würde sie ihnen diese Farce abkaufen. Es fällt zwischen ihnen kein böses Wort, sondern sie bemühen sich um gegenseitige Nettigkeiten. Tobias springt sofort vom Tisch auf, wenn ein Gewürz fehlt, und holt es aus der Küche. Viola dagegen füllt unaufgefordert sein Weinglas, sobald es geleert ist.
Ob die Eltern umsonst diese Komödie vor ihren Kindern veranstalten? Henny ist überzeugt, dass Louise und Luca längst eine Ahnung haben. Mal sehen, wie lange Viola und Tobias ihre Rollen beibehalten, bevor die Bombe platzt.

Der Heilige Abend gestaltet sich dennoch gemütlich. Nach dem köstlichen Essen holt Louise ihre Flöte, und sie trällern einige Weihnachtslieder.
Gregor mag viele Talente haben. Singen gehört definitiv nicht dazu. Henny stößt ihn leicht in die Seite, als er die Töne nicht trifft. Er grinst sie bloß an und schmettert das Lied schief aus vollster Kehle weiter.
Tobias bereitet dem Konzert ein plötzliches Ende, indem er eine Spiele-Runde vorschlägt.
Louise und Luca dürfen sich etwas aussuchen. Ein Hotel-Spiel wählen sie aus, das Henny nicht kennt. Es dauert eine Zeitlang, bis sie die Regeln kapiert hat. Darum ist es nicht verwunderlich, dass Henny stets verliert. Zu ihrer Belustigung tröstet Gregor sie jedes Mal. Dabei ist es Henny völlig egal. In Gedanken ist sie ohnehin weit weg bei Sophia und Emma. Ihre kleine Familie schläft bereits dem nächsten Feiertag entgegen. Was mag dieser für Henny parat halten? Viola hat angedeutet, dass Tobias sich hauptsächlich in der nächsten Zeit um seine Kinder kümmert. Wahrscheinlich hat er etwas bei ihnen gut zu machen. Wo zum Teufel ist er Henny schon mal begegnet? Den ganzen Abend über hat sie gegrübelt, ob es sich um Einbildung handelt. Nicht nur seine Gestik, sondern auch seine Art zu reden, erinnert Henny an jemanden. Sie zermartert sich später im Bett das Gehirn. Ohne Ergebnis. Höchstwahrscheinlich spielt die Fantasie ihr einen Streich.
Lieber denkt sie über Gregors Geschenk nach. Ganz kontinuierlich schleicht er sich in ihr Herz. Seine gute Laune und sein Improvisationstalent imponieren Henny. Seinen Enkeln ist er garantiert ein Super-Opa. Hoffentlich wissen sie ihn zu schätzen. Wie für Henny Emma unendlich wichtig ist, so sind die Jungen sein Ein und Alles.
Kaum zu glauben, dass Henny und Gregor so viele Jahre nebeneinander wohnen und im Grunde nur oberflächlich voneinander Notiz genommen haben. Jeder war wohl zu sehr mit seiner eigenen Familie beschäftigt.

♥

KAPITEL 13

Viola hat Henny und Gregor am ersten Weihnachtsfeiertag längeres Ausschlafen zugestanden, was Henny ausnutzt. Es tut gut, sich im Bett ohne Termindruck zu rekeln.
Henny lässt jede Nacht die Vorhänge geöffnet, um gleich am Morgen das Wetter zu begutachten.
Momentan strahlt die Sonne von einem fast wolkenlosen Himmel. Die beste Voraussetzung für einen Erkundungstrip über die Insel. Viel hat Henny bisher nicht von ihr gesehen. Schließlich handelt es sich bei ihrem Aufenthalt nicht um Urlaub. Mal sehen, ob die Kinder ihrer Obhut anvertraut werden oder sich Tobias und Viola selbst mit ihnen beschäftigen. Genaueres geplant ist bisher nichts.
Im Nachbarzimmer rumort es. Demnach gehört auch Gregor heute mal nicht zu den Frühaufstehern. Das hat den Nachteil, dass das Bad gleich besetzt ist, wenn Henny ihm nicht zuvorkommt. Hastig springt sie aus den Federn und vergisst, in den Morgenmantel zu schlüpfen. Barfüßig und mit einem blümchengemusterten Nachthemd bekleidet huscht sie über den Flur. Oh Schreck. Die Tür ist verschlossen. Demnach hat Gregor das Wettrennen gewonnen.
Als Henny sich gerade zum Rückzug umdreht, steht Gregor wie aus dem Erdboden gewachsen hinter ihr.
„Guten Morgen, schöne Frau“, begrüßt er sie.
Henny erstarrt vor Peinlichkeit. Sie hasst es, ungewaschen und ungekämmt vor Publikum zu treten.
„Bad ... ist belegt“, stottert sie und huscht an Gregor vorbei in ihr Zimmer, als wäre sie einem Geist begegnet.
Es verhagelt ihr die Laune, dass Gregor sie so entblößt

und zerzaust gesehen hat. Nicht nur das. Ihre Unterbeine sind übersät von hässlichen Hämatomen aus der Wasserrutsche. Warum ist ihr dies plötzlich nicht mehr gleichgültig? Will sie ihm gefallen? Blödsinn. Vor Tobias oder Viola wäre ihr der Auftritt genauso unangenehm gewesen. Außerdem wirkt Gregor in seinem Sträflings-Schlafanzug viel lächerlicher. Ob ihm das überhaupt bewusst ist? Eher nicht, denn Männer fühlen sich meistens unwiderstehlich. Hubert fand sich sogar mit wachsendem Alter immer attraktiver. Manchmal brachte es Henny auf die Palme, und sie verdrehte innerlich die Augen. Seiner eingebildeten Schönheit zu widersprechen, spornte ihn höchstens an.

Ungern verzichtet Henny auf die morgendliche Dusche. Deshalb harrt sie aus, bis Gregor ihr durch dreimaliges Klopfen an der Verbindungstür grünes Licht gibt. „Du bist dran. Ich gehe schon mal runter."

Zwanzig Minuten später gesellt sich Henny zum Rest der Familie an den Frühstückstisch.

Gregor diskutiert mit Tobias über den Umweltschutz auf Norderney. Wie der Werbefachmann erklärt, wird dem Küstenschutz besondere Bedeutung beigemessen. Nach zahlreichen Sturmfluten hat Norderney viel Land verloren. Mithilfe von holländischen Spezialfirmen wurde es mit Tonnen von Sand wieder aufgeschüttet.

„Ach, Papa, trink endlich mal aus, damit wir losfahren können", mault Louise, die sich erkennbar bei dem Thema langweilt.

Viola weist ihre Tochter zurecht: „Gregor interessiert das aber. Ihr wollt doch ebenso, dass die Insel erhalten bleibt, oder? Umweltschutz geht nicht allein die Einheimischen etwas an. Jeder Urlauber kann durch seinen Umgang mit der Natur dazu beitragen. Das betrifft auch uns."

„Wieso?" Luca braust auf. „Ihr verkauft unser schönes Haus. Nie wieder verbringen wir die Ferien hier. Was geht uns dann die blöde Umwelt an? Außerdem braucht ihr nicht so zu tun, als wüssten wir nicht Bescheid, dass ihr euch scheiden lassen wollt. Wir sind ja nicht blöd und haben Augen in der Birne. Euer Heile-Welt-Getue könnt ihr euch sparen." Während Lucas Gesichtsfarbe ein tiefes Rot vor Erregung annimmt, erblasst Viola. Bevor der Ausbruch ihres Sohnes eskaliert, versucht sie, die Situation abzumildern. „Der Verkauf bedeutet nicht, dass wir nie mehr nach Norderney zurückkehren. Wir können jederzeit ein Haus oder eine Wohnung mieten."

„Das ist nicht dasselbe", mischt sich Louise ein. „Wir wollen hierbleiben. Norderney ist unsere zweite Heimat."

Aus heiterem Himmel wendet sich Luca an Gregor. „Was sagst du dazu? Ist es nicht unfair von unseren Eltern, unsere Meinung zu ignorieren?"

Sichtlich erstaunt wirft Gregor Henny einen hilflosen Blick zu. Das ist sie von ihm nicht gewohnt. Deshalb springt sie mit einer Antwort ein. „Wir verstehen eure Enttäuschung, aber haben kein Recht, über die Entscheidung von euren Eltern zu urteilen. Eine Trennung ist eine komplexe Angelegenheit und für alle Familienmitglieder mit Kompromissen verbunden."

Viola schenkt Henny ein abgerungenes Lächeln.

Tobias greift dagegen verbal ein: „Das Problem lösen wir nicht hier am Tisch, schon gar nicht in Gegenwart unserer Gäste. Weihnachten herrscht Waffenstillstand." An Louise und Luca gerichtet: „Zieht euch etwas Warmes an. Es ist ideales Wetter zum Drachensteigen. Vielleicht begleiten uns Henny und Gregor. Wir zeigen ihnen ein bisschen von Norderney."

Offensichtlich fügen sich die Zwillinge in ihr Schicksal. Ohne ein weiteres Wort verlassen sie die Küche.

„Tut mir leid, euch mit unserer Krise zu konfrontieren. Das war nicht so geplant. Viola hat mich aufgeklärt, dass ihr Bescheid wisst", outet sich Tobias. „Natürlich leiden die Kinder. Wir können ihnen zukünftige Veränderungen nicht ersparen."

Erneut gerät Henny ins Grübeln, als Tobias ganz selbsverständlich über das Ende seiner Ehe philosophiert. Seine besonderen Augen sind ihr im Gedächtnis geblieben. Dabei ist eine Begegnung mit ihm in der Vergangenheit ausgeschlossen. Er und seine Familie wohnen in Düsseldorf. Henny ist noch nie in der Gegend gewesen. Eine innere Stimme hält sie jedoch zurück, Tobias einfach darauf anzusprechen, ob sie sich von irgendwoher kennen. Wenn das umgekehrt der Fall wäre, hätte sich Tobias wahrscheinlich längst geoutet. Vielleicht wird Henny bis zur Abreise erleuchtet.

♥♥♥

Viola erwischt Henny einen kurzen Moment allein, als diese sich im Flur ihre Steppjacke anzieht. „Ich komme nicht mit. Das letzte Paar von vorgestern, das unser Haus besichtigt hat, ist ernsthaft interessiert. Da sie morgen Abend wieder abreisen, wollen sie vorher nochmals die einzelnen Zimmer genauer inspizieren und ausmessen. Sie sollten daher ordentlich aussehen."
„Natürlich. Soll ich auch hierbleiben und dir beim Saubermachen helfen?", bietet Henny an.
„Danke, nicht nötig. Lenkt ihr lieber die Zwillinge ab. Das ist mir wichtiger. Unsere Komödie ist gründlich in die Hose gegangen. Es belastet mich sehr, dass dieses Weihnachten für sie aus dem Ruder läuft, obwohl sich Tobias redlich Mühe mit den beiden gibt."
Warum Viola ihren Mann in Schutz nimmt, ist Henny ein Rätsel. Ob sie ihn trotz seiner Entgleisung liebt und ihm verzeihen könnte? Sie kennt Viola zu wenig, um ihr eine entsprechende Frage zu stellen. Deshalb bohrt sie nicht weiter nach, sondern sputet sich, zu den anderen nach draußen zu gelangen.
Die Fahrradtour führt eine halbe Stunde durch die Dünen zum Leuchtturm.
Wie gut, dass Henny in Berchtesgaden so oft mit dem Rad unterwegs und dadurch trainiert ist. Ihre Energie benötigt sie bald darauf, um die 250 Stufen zur Panoramaplattform

zu bewältigen. Die einzigartige Kulisse auf Norderney und das Wattenmeer ist die Belohnung. Das Postkartenmotiv hält Henny auf ihrem Smartphone fest und sendet es an Sophia weiter. Umgehend erhält sie ein Foto von Emma mit dem Schutzengelchen im Arm zurück. Plötzlich übermannt Henny große Sehnsucht nach ihrem Enkelkind. Möge ihm eine Trennung wie bei den Eltern der Zwillinge erspart bleiben.
„Was ist mit dir? Du siehst so traurig aus. Gefällt dir die Aussicht nicht?“ Gregor ist neben Henny getreten und legt wie selbstverständlich den Arm um sie.
Automatisch weicht Henny einen Schritt zur Seite. Die Nähe eines Fremden erträgt sie momentan nicht. „Ich habe ein bisschen Heimweh. Die Aussicht ist fenomenal. Trotzdem vermisse ich unsere verschneiten Berge und vor allem meine Familie.“
„Das kann ich nachvollziehen. Obwohl mich meine Rasselbande zuhause manchmal nervt, fehlt sie mir. Die Geschichte mit Viola und Tobias lässt mich dankbar sein, dass bei Thomas und meiner Schwiegertochter alles im Lot ist.“
„Hoffentlich bleibt es in unseren Familien harmonisch. In Sicherheit wiegen darf man sich allerdings nie.“
Gregor tut geheimnisvoll, indem er flüstert: „Luca hat dich und Viola übrigens vorhin im Flur belauscht. Er weiß, dass morgen erneut die potenziellen Käufer erscheinen. Louise und er bitten uns um Hilfe.“ Vorsichtig schaut sich Gregor um, aber Tobias und die Kinder sind verschwunden.
„Was sollen wir tun?“
„Hast du das Eimerchen auf Lucas Gepäckständer gesehen?“, fragt Gregor.
„Ja, ich dachte, es dient zum Muschelnsammeln.“
„Dieses Mal nicht. Schon mal etwas von Wattwürmern gehört?“
„Kann sein. Was wollen die Kinder damit anstellen?“ Henny ist ratlos.
„Die Kaufinteressenten damit verjagen. Die Kinder

werden sie gezielt in den Badezimmern zur Abschreckung einsetzen", verrät Gregor grinsend. „Wie findest du die Idee?" Wie ein Lausbub wirkt er.
„Ich weiß nicht, ob sie etwas taugt. Wir sollten Tobias und Viola nicht als Mittäter in den Rücken fallen. Dafür sind wir nicht engagiert."
„Du bist ein Hasenfuß", tadelt Gregor. „Ich unterstütze Louise und Luca. Es gibt garantiert eine andere finanzielle Lösung, als das Haus zu verkaufen. Wir brauchen einfach mehr Zeit. Außerdem habe ich die Hoffnung, dass es für Tobias und Viola eine zweite Chance gibt."
„Bist du im Nebenberuf Therapeut?" Im Stillen amüsiert sich Henny wieder einmal über Gregors Spitzfindigkeit. „Ich gebe dir in Bezug auf Viola recht. Sie liebt ihren Mann. Wie es umgekehrt bei Tobias aussieht, weiß bisher allein das Universum. Oder was meinst du dazu?"
„Ich möchte Tobias am liebsten schütteln. Für ein Gespräch von Mann zu Mann ist es zu früh. Wir kennen ihn gerade mal einen Tag. Im Umgang mit seinen Kindern gefällt er mir. Ob er etwas für Viola empfindet, wage ich nicht zu prognostizieren."
Geschrei vom Fuß des Leuchtturms schreckt Henny und Gregor auf.
„Wo bleibt ihr denn? Wir wollen endlich an den Strand", brüllt Luca zu ihnen hoch.
„Wir sind unterwegs", ruft Gregor zurück.
Bevor sie die Treppe hinuntersteigen, versichert Henny: „Okay, ich helfe den Kindern auch. Vielleicht schmieden wir einen Plan, wie wir die Eltern wieder zusammenführen."
„Einverstanden. Ich wusste, dass du uns nicht im Stich lässt." Vermutlich in einem Anflug von Übermut küsst Gregor Henny auf die Wange. „Du bist die Beste."
Zunächst radeln sie zum Strand, um die Drachen steigen zu lassen. Sogar bei mäßigem Wind klappt das problemlos. Dieses Mal sind sie nicht die Einzigen. Insbesondere Väter mit ihren Söhnen tummeln sich im Sand. Ab und zu

kollidieren Drachen miteinander.
Luca und Louise passiert es glücklicherweise nicht. Nach zwei Stunden tun ihnen die Arme vom Lenken weh.
Gregor flüstert Henny zu: „Sag, dass du unbedingt das Watt sehen willst. Den Rest erledigen Luca, Louise und ich."
Henny folgt seiner Bitte und stößt damit bei Tobias nicht auf offene Ohren.
„Ich muss Viola beim Aufräumen helfen. Können wir dir das Watt ein anderes Mal zeigen?"
„Ach, Papa, fahr ruhig voraus zu Mama. Wir erledigen das. Gerade ist Ebbe", führt Luca das Kommando.
„Okay, aber bleibt nicht so lange."
Louise und Luca werfen sich verschwörerische Blicke zu, die Henny auffängt.
Als Tobias außer Sichtweite ist, outet sie sich: „Ich weiß Bescheid. Gregor hat mir von eurem Plan erzählt. Wo sind die Wattwürmer?"
Die anschließende Suche gestaltet sich schwerer als gedacht. Luca hat nur eine kleine Schaufel mitgenommen. Folglich kann bloß einer graben.
Mühsam plumpst Wurm um Wurm in den Eimer.
„Ich glaube, das reicht", meint Louise. „Spinnen wären zusätzlich nicht schlecht. Im Holzschuppen verstecken sich bestimmt welche, die wir ins Bad umsiedeln können."
„Genial", pflichtet Luca seiner Schwester bei. „Die besorge ich später. Spinnen sind meine Spezialität."
Leider hat Henny gar keine Muße, das Watt gebührend zu bewundern. Eine geführte Wanderung würde ihr gefallen, aber es besteht wenig Hoffnung, dafür während ihrer Anwesenheit auf der Insel Zeit zu haben.
Wie eine Verschwörerbande verstaut Gregor mit Luca und Louise den Eimer mit Wattwürmern im Holzschuppen neben dem Haus, während Henny Schmiere steht. Sie fühlt sich an ihre Jugend zurückerinnert, als es mit ihren Freundinnen geheime Aktionen gab, die im Gartenhaus ausgeheckt wurden. Ob ihre Mutter davon wusste?

Jedenfalls ließ sie sich nichts anmerken und gewährte Henny und den anderen ihren Spaß, genauso wie sie Sophia ihre Geheimnisse zugestand. Ob Gregor ahnt, dass Hennys Tochter vom Baumhaus aus immer seine Äpfel mit dem Teich-Catcher von seinem Grundstück geklaut hat? Manchmal reichte die Ausbeute sogar für einen Apfelkuchen. Ob Emma eines Tages in die Fußstapfen ihrer Mutter tritt und Gregor ebenfalls um einen Teil der Ernte erleichtert? Bei Gelegenheit wird sie Gregor die Taten von Sophia beichten.

♥

KAPITEL 14

Der Einfachheit halber hat Viola die Reste der Pute zu einem Ragout verarbeitet.
Henny erkennt neidlos die Kochkünste der jungen Frau an. Ob sie neben der Betreuung der Zwillinge berufstätig ist? Bisher haben sie nicht darüber geredet. In der Werbeagentur von Tobias wird Viola wohl kaum helfen, sonst hätte sie die Affäre mit seiner neuen Assistentin sicher zu verhindern gewusst.
Als Henny und Viola am Abend des 1. Weihnachtsfeiertags die Küche aufräumen, ergibt sich die Gelegenheit, danach zu fragen. Sie sind allein, denn Gregor und Tobias spielen im Wohnzimmer mit den Kindern Mau-Mau.
Bereitwillig erteilt Viola Auskunft: „Bis zum Kindergarten war nicht daran zu denken, meinen Beruf auszuüben, obwohl mich meine Mutter tatkräftig unterstützt hat."
„Was hast du vorher gemacht?", hakt Henny nach.
„Ich bin Grafikerin. Mein alter Chef ist sehr familienfreundlich. Erst dürfte ich mit einer Teilzeitbeschäftigung an meinen Arbeitsplatz zurückkehren, und seit Louise und Luca zur Schule gehen, arbeite ich Vollzeit."
„Das heißt, im Fall einer Scheidung bist du unterhaltsmäßig nicht auf Tobias angewiesen?"
„Nein, ich sorge selbst für mich. Mein Verdienst reicht allerdings kaum für die Kinder mit. In der Beziehung vertraue ich Tobias, dass er für sie zahlt."
Henny lehnt sich mutig aus dem Fenster, indem sie fragt: „Willst du die endgültige Trennung überhaupt oder könntest du Tobias verzeihen?"
„Schwierig zu beantworten. Einerseits bin ich tief verletzt, andererseits ist Tobias ein toller Vater. Bisher galten wir in unserem Bekanntenkreis als Bilderbuchfamilie, die von

außen nichts erschüttert. Vielleicht könnten Tobias und ich einen Neuanfang starten, wenn er dazu bereit wäre."
„Habt ihr darüber gesprochen?" Henny wittert eine Chance.
„Nein. Ich erkenne bei ihm keine Reue für seinen Seitensprung. Das enttäuscht mich am meisten. Bisher hat er keine Anstalten gemacht, mich von der Fortsetzung unserer Ehe zu überzeugen. Wahrscheinlich plant er bereits ein Leben mit seiner Assistentin." Violas Worte klingen verzagt.
Automatisch solidarisiert sich Henny mit der Zwillingsmutter. „Ich stelle mir eure Situation schrecklich vor. Es muss doch möglich sein, dass ihr euch mal intensiv austauscht. Stattdessen zerschlagt ihr mit dem Hausverkauf gleich Porzellan und produziert für alle Beteiligten einen Scherbenhaufen."
Viola reibt sich mit einem Küchentuch die Tränen aus den Augen. „Wie habt ihr beide es geschafft, bis heute glücklich miteinander zu bleiben?", dreht Viola plötzlich den Spieß um.
Henny gerät dadurch in Erklärungsnot. „Du meinst Gregor und mich?"
„Ja klar, wen sonst?"
„Das ist eine lange Geschichte", versucht Henny, Zeit zu schinden. Viola länger anzulügen, erscheint ihr unfair, nachdem diese Henny ihr Innerstes anvertraut hat.
„Erzähl sie mir", fordert Viola hartnäckig auf. „Ich schenke uns einen Sanddorn-Likör ein."
Anschließend setzen sie sich an den Tisch und prosten sich zu.
Henny ist mulmig zumute, als sie mit der Beichte beginnt: „Gregor und ich sind kein Paar, sondern bloß Nachbarn. Er hat mich mit eurer Anzeige bei Travel & Date überrumpelt, Leihgroßeltern für eure Kinder zu spielen." Es folgt ein ausführlicher Bericht, bei dem Henny zwischendrin zwei weitere Gläschen Likör benötigt.
„Wie bitte?" Ungläubig starrt Viola Henny an, als diese

endet. „Das glaube ich euch nicht. Ihr wirkt so harmonisch und geht so liebevoll miteinander um."
„Es ist die Wahrheit, und es tut mir leid, euch an der Nase herumgeführt zu haben."
Zum ersten Mal, seit Henny und Gregor das Haus betreten haben, hält sich Viola den Bauch vor Lachen. „Ihr seid Helden und großartige Schauspieler."
„Du bist uns nicht böse?", vergewissert sich Henny erstaunt.
„Überhaupt nicht. Ich finde es super, dass ihr beiden euch das zugemutet habt, an Weihnachten fremde Kinder zu hüten. Stimmt das mit euren vielen Enkelkindern alles gar nicht?"
„Doch, Gregor hat drei und ich eins." Anschließend plaudert Henny befreit von Gewissensbissen über ihre Familien. „Willst du unser Geheimnis Tobias und den Kindern verraten?"
Viola überlegt kurz: „Im Moment lieber nicht. Wir müssen genug Probleme bewältigen. Ihr macht euren Job gut. Warum sollen wir Unruhe verbreiten? Am Ende der Ferien ist es früh genug, eure echte Identität preiszugeben."
„Darauf trinken wir", schlägt Henny vor und stößt mit Viola auf ihr Komplott an.
Desweiteren vereinbaren sie, auch Gregor vorläufig nichts von ihrem Enthüllungsgespräch zu sagen.

♥♥♥

Pünktlich erscheinen die Kaufinteressenten am Morgen des 2. Weihnachtsfeiertages.
Gregor, Henny und die Zwillinge bleiben am Frühstückstisch sitzen, während Viola und Tobias zur Eingangstür hechten.
Luca grinst verdächtig vor sich hin. Auch Louise beschmiert ihre Brötchenhälften lächelnd mit Marmelade.
„Habt ihr alles so gemacht wie geplant?", zischt Gregor den beiden zu.

Luca gibt bereitwillig Auskunft: „Klar, die Würmer sind in der Dusche und im Waschbecken verteilt. Die Spinnen krabbeln in euren Zimmern an den Vorhängen hoch."
„Igitt", ruft Henny aus. „Hast du sie gezählt? Wenn die Leute erfolgreich in die Flucht geschlagen sind, sammelst du sie bitte sofort ein."
„Keine Sorge. Ich habe alles im Griff", versichert Luca. „Die Wattwürmer bringe ich ja auch wieder in ihr Revier."
In diesem Augenblick ertönt ein greller Aufschrei von oben.
„Es hat funktioniert", stellt Louise fest und klatscht sich mit ihren Bruder ab.
Dagegen bremst Gregor ihre Euphorie. „Wartet erst einmal ab. Noch sind wir sie nicht los."
Es dauert jedoch keine Minute, und das Paar rast die Treppe hinunter. „Hier bleibe ich keine Sekunde mehr", regt sich die Frau auf. „Wieso haben wir das Ungeziefer nicht schon vorgestern bemerkt?"
„Weil du dich von der Hausherrin mit ihrem Gesülze hast blenden lassen", wirft ihr der Mann vor. Sie geraten darüber in Streit, bevor sie dem Haus endgültig Lebewohl sagen.
Die Freude darüber währt bei den Zwillingen nicht allzu lange.
Tobias und Viola erscheinen mit betretenen Gesichtern im Türrahmen.
„Haben wir das euch zu verdanken? Louise? Luca? Die Wattwürmer sind wohl kaum von selbst aus dem Gulli gekrochen. Auch Spinnen sind im Winter im Haus eher eine Rarität." Tobias redet sich in Rage. „Was habt ihr euch dabei gedacht, den Verkauf zu boykottieren? Seid ihr verrückt geworden?"
Louise und Luca ducken ihre Köpfe bei der Schelte.
Gregor ergreift das Wort: „Wir sind mit verantwortlich."
„Das habe ich mir gedacht. Deshalb wolltet ihr unbedingt gestern ins Watt. Nämlich um die verdammten Würmer einzusammeln", poltert Tobias weiter.

Viola dagegen versucht zu schlichten: „Es ist immer noch Weihnachten. Wir sollten nicht streiten. Es werden neue Interessenten kommen. Das Pärchen war mir ohnehin zu kritisch. Mit denen hätten wir wahrscheinlich Ärger gehabt."
„Okay, vertagen wir das Problem auf morgen." Allmählich beruhigt sich Tobias. „Ich brauche erst einmal Zeit zum Nachdenken und mache einen Spaziergang." Die Reaktion seiner Familie wartet er nicht ab, sondern verschwindet aus der Küche.
„Mama, bitte sei uns nicht böse", bettelt Louise. „Du willst das Haus doch auch behalten."
„Ich verstehe euch ja. Trotzdem mischt euch bitte in Zukunft nicht mehr in die Entscheidungen von Papa und mir ein. Es ist alles schon schwierig genug. Und hört auf, Henny und Gregor für eure Zwecke zu missbrauchen. Ich weiß, dass sie euch nichts abschlagen. Das habt ihr ausgenutzt."
Henny beobachtet, wie Viola gegen die Tränen ankämpft. Ihr schlechtes Gewissen plagt sie mächtig. Sie sind engagiert worden, um die Kinder abzulenken, damit sie unbeschwerte Ferien verleben. Stattdessen lassen sich Henny und Gregor zu Streichen einspannen. Sie haben sich wirklich zu Deppen gemacht. „Die Kinder haben bloß aus Verzweiflung gehandelt. Gregor und ich hätten ihnen Einhalt gebieten müssen. Sie trifft keine Schuld", hält Henny ihr Plädoyer für ihre Leihenkel, die sie längst im Geiste adoptiert hat. „Selbstverständlich packen wir unsere Koffer, wenn ihr das wünscht."
„Nein", schreit Louise und wirft sich Henny an den Hals. „Ihr müsst bleiben."
Luca pflichtet seiner Schwester sofort bei: „Ohne euch hält uns hier auch nichts mehr. Ihr seid die coolsten Großeltern überhaupt."
Die Reaktionen der beiden rühren Henny.
Auch Gregor schnieft leicht durch die Nase. „Natürlich erfüllen wir unsere Aufgabe weiter, wenn eure Eltern

damit einverstanden sind. In Zukunft halten wir uns jedoch aus euren familiären Streitigkeiten heraus."
„Schick die beiden nicht weg", fleht Louise ihre Mutter an.
„Auf keinen Fall. Ich rede mit Tobias. Sicher kriegt er sich wieder ein." Dafür erntet Viola von Henny ein Lächeln.
Geschickt wechselt Gregor das Thema, indem er sich an die Kinder wendet: „Was möchtet ihr unternehmen? Habt ihr euch etwas überlegt?"
„Heute kommen eure Kugeln zum Einsatz." Luca setzt eine geheimnisvolle Miene auf. „Ihr werdet staunen."
An das eigenartige Geschenk hat Henny gar nicht mehr gedacht. Ob Tobias überhaupt noch Lust verspürt, mit ihnen die Zeit zu verbringen?
Die Antwort erhält Henny kurze Zeit später.
Wie verwandelt kehrt Tobias von seinem Frischlufttrip zurück. Offenbar hat ihm der Wind den Kopf freigepustet, denn er schlägt von selbst vor, die Kugeln zu holen. Als hätte es den Disput gar nicht gegeben, empfiehlt er Henny und Gregor, sich Sportschuhe anzuziehen.
Fertig gestylt finden sie sich wie verabredet am Gartentor mit den Kugeln ein.
Ein Bollerwagen steht bereit, in dem die ein Kilogramm schweren *Boßeln* transportiert werden.
„Klärt uns bitte mal jemand auf, was ihr mit uns anstellt?", begehrt Gregor zu wissen.
„Geduld. Wir müssen ein Stück bis zur Landstraße laufen", erläutert dieses Mal Viola.
Bereits vom Weitem sieht Henny wenig später eine Menschenansammlung. Sie flüstert Gregor zu: „Hast du eine Ahnung, was die mit uns vorhaben?"
„Nicht die geringste."
Ein Mann löst sich aus der Gruppe und heißt Tobias willkommen. „Du hast dich mit sechs Personen angemeldet, richtig?"
Tobias nickt. Er stellt seine Familie samt Henny und Gregor vor.
„Schön, dass ihr mitmacht", meint der Typ. „Wisst ihr alle,

was ihr tun müsst?"
Nur Henny und Gregor verneinen.
Er klärt sie auf: „*Boßeln* ist ein uralter ostfriesischer Mannschaftssport. Wir treten in zwei Teams zu jeweils zehn Personen gegeneinander an. Dabei werfen wir abwechselnd beim Boßeln eine Kugel aus vollem Lauf die Straße entlang. Wie ich sehe, habt ihr gleich zwei mitgebracht. Dürfen wir die benutzen? Sie sind so schön neu."
„Ja, gern. Worin besteht das Ziel?" Henny kapiert den Sinn des Ganzen immer noch nicht.
„Die Anzahl der Würfe wird vorher festgelegt. Die Mannschaft, die mit ihren Würfen die längste Strecke zurücklegt, gewinnt."
„Aha." Der Groschen, beziehungsweise der Cent, ist bei Henny gefallen.
Anschließend folgt der Griff in einen Topf, um einen Zettel herauszuziehen. Auf ihm ist zu lesen, welcher Gruppe Henny und die anderen zugeteilt sind. Sie gehört mit Tobias und Luca der Mannschaft 1 an, Luca, Gregor und Viola unterstützen Mannschaft 2.
Jeder hat insgesamt fünf Würfe. Es wird unterwegs viel gelacht, denn die Boßeln landen oft unkontrolliert im Graben. Mit langen Stangen fischen die erfahrenen Mitspieler die Kugeln heraus.
Der Weg zieht sich dahin. Henny schätzt, dass sie bereits fünf Kilometer zurückgelegt haben. Das bedeutet einen langen Rückweg.
Zum Schluss wird es richtig spannend. Das Team von Gregor hat bisher die Nase vorn. Der letzte Wurf von Henny bringt die Entscheidung.
Alle halten die Luft an, als sie ausholt.
„Du schaffst das", kreischt Luca.
Sogar Tobias hält die Daumen und feuert Henny ebenfalls an. „Gib Gas."
Die Boßel rollt und rollt und rollt.
„Jaaaa", brüllt Luca, als sie etwa zwanzig Zentimeter hinter

der anderen liegen bleibt. „Wir haben gewonnen."
Henny wird von ihren Mannschaftskameraden umringt und hochgehoben. So gelacht hat sie schon ewig nicht mehr. Sie ist die *Boßel-Queen*. Alle gratulieren ihr, auch die Gegner.
Besonders Gregor lässt es sich nicht nehmen, Henny einen Tick mehr als nötig zu umarmen. Dann haucht er ihr ins Ohr: „Ich freue mich auf unser Dinner heute Abend."
Vor lauter Boßeln hätte Henny fast ihre Verabredung vergessen. Hoffentlich hat sie Zeit genug, sich vorher zu erfrischen. Es dämmert nämlich inzwischen.
Zur Feier des Tages spendiert der Veranstalter Glühwein, Sanddornlikör und für alle Kinder Säfte.
Vorsichtshalber hält sich Henny mit dem Alkoholkonsum zurück. Bei ihrem Date mit Gregor gilt es, einen kühlen Kopf zu bewahren.
Entgegen Hennys Befürchtung wartet ein Bus auf sie, der ihnen den langen Rückweg zu Fuß erspart. Wie sie von Viola erfährt, ist das Weihnachts-Boßeln extra für die Urlaubsgäste zur Tradition geworden. „Hat es euch gefallen?"
Henny nickt mit dem Kopf: „Ja, mir hat es großen Spaß gemacht. Vielleicht sollten wir den Sport in Berchtesgaden einführen. Was meinst du, Gregor?"
„Die Boßeln haben wir ja schon dafür. Ich wähle dich zur Mannschaftsführerin", scherzt er. „Ich habe wirklich die Luft angehalten, als deine Kugel an unserer im Zeitlupentempo vorbeischlitterte und uns den Sieg im letzten Moment gekostet hat."
„Unsere Oma ist eben die beste", bringt es Louise auf den Punkt und drückt sich an Henny.

♥

KAPITEL 15

Dass *Boßeln* ein schweißtreibender Sport ist, hätte Henny niemals gedacht. Glücklicherweise bleibt nach der Heimkehr genügend Zeit, um sich für das Dinner mit Gregor aufzubrezeln. Henny ist sehr gespannt, was er ihr bietet. Ein bisschen Aufregung gesteht sie sich zu. Schließlich liegt ihre letzte Verabredung mit einem Mann Jahrzehnte zurück, sieht man einmal vom Ausgehen mit Hubert ab. Leider war er diesbezüglich ziemlich geizig. Nur zu besonderen Anlässen führte er Henny auswärts zum Essen aus. Meistens ließ er sich am Ende eine Rechnung geben, um sie von der Steuer abzusetzen. Wie Hubert das glaubwürdig beim Finanzamt trickste, ist ihr bis heute ein Rätsel geblieben. Diesbezüglich war er ein Schlitzohr.

Als Henny ihr Spiegelbild betrachtet, ist sie einigermaßen zufrieden mit sich. Das kleine Schwarze muss mal wieder herhalten. Ein zweites Kleid hat Henny nicht eingepackt. Schließlich war von ihrer Seite kein Date mit einem Mann geplant.

Leise klopft es an die offizielle Zimmertür. Demnach handelt es sich nicht um Gregor, der dafür gewöhnlich die Verbindung zwischen ihren Räumen nutzt.

Henny öffnet und staunt über Viola, die hineinschlüpft.

„Du siehst super aus“, macht sie Henny sogleich ein Kompliment.

„Danke. Ich habe leider nur das eine Kleid mitgenommen, das ich bereits am Heiligen Abend getragen habe.“

„Das ist egal. Ich wette, Gregor mag dich genauso in einer alten Jeans mit verwaschenem Pullover.“ Viola grinst.

„Wie meinst du das?", hakt Henny nach.
„Sag bloß, du bist blind? Gregor ist verschossen in dich. Deshalb habe ich euch beneidet, weil ich glaubte, ihr wäret schon lange verheiratet."
„Ach, Quatsch", wiegelt Henny ab. „Er ist nett zu mir, um die Aufgabe als Leihgroßeltern authentischer zu erfüllen. Wir mögen uns als Nachbarn. Mehr ist da nicht."
„Ich habe Augen im Kopf. Vielleicht merkst du nicht, was in Gregor vorgeht. Er empfindet wahrscheinlich viel mehr für dich, als du ahnst."
„Um mir das zu sagen, bist du aber nicht gekommen, oder?" Henny möchte das Thema Gregor unbedingt beenden. Es ist ihr peinlich.
„Du liegst richtig. Ich will dich bitten, Gregor keine Details von unserem Gespräch neulich über Tobias und mich zu erzählen. Ich fürchte die Männersolidarität."
„Keine Sorge. Zum einen habe ich ihm nichts gesagt, zum anderen steht Gregor garantiert auf deiner Seite. Er begreift nicht, warum Tobias eine solch nette Familie wegen einer Affäre aufs Spiel setzt."
„Das ist ja süß von Gregor. Vielleicht ist die neue Frau an Tobias' Seite aber die Liebe seines Lebens."
„Bestimmt nicht. Gern würde ich deinem Mann mal auf den Zahn fühlen. Als Fremde traue ich mich nicht, und erst recht nicht, nachdem wir euren Kindern geholfen haben, die potenziellen Käufer in die Flucht zu schlagen."
„Ach, das war einfach großartig von euch", outet sich Viola zu Hennys grenzenloser Überraschung. „Ich bin so erleichtert, dass die weg sind. Gregor hat sich angeboten, mit mir einmal eine Kalkulation für das Haus aufzustellen. Vielleicht ergibt sich allen Widrigkeiten zum Trotz die Möglichkeit, es zu behalten, wenn ich es mir leisten kann."
„Das wünsche ich dir und den Kindern von Herzen. Es ist so wunderschön auf dieser Insel und in eurem Haus. Solltest du es jemals vermieten, melde ich mich bereits an. Meine Tochter und meine Enkelin werden es hier lieben."
Insgeheim hat Henny den gemeinsamen Urlaub bereits im

Kopf. Mit Emma auf Norderney am Strand zu spielen, wäre ihr größtes Glück. Bisher haben Sophia, Vince und die Kleine ihre Ferien in der näheren Umgebung verbracht. Henny wird ihnen den Aufenthalt an der Nordsee schmackhaft machen.
„Du bist wohl im Geiste schon einige Schritte voraus“, orakelt Viola. „Leider kann ich keinerlei Pläne hinsichtlich dieses Hauses schmieden. Hauptsache, die erste Gefahr des Verkaufens haben wir erfolgreich gebannt, dank eurer Hilfe.“
Henny hegt ihre Zweifel. „Sind in den nächsten Tagen keine weiteren Interessenten in Sicht?“
„An den Feiertagen hat sich zum Glück niemand mehr gemeldet. Ich hoffe, es bleibt so, damit ich mehr Zeit zum Überlegen finde.“
„Gregor hat wirklich Ahnung von so etwas. Vielleicht überredest du Tobias, sich einmal zu dritt mit ihm zu unterhalten.“
„Gute Idee. Ich schlage es Tobias heute Abend vor, wenn ihr unterwegs seid. Jetzt bereite ich das Essen vor. Die Zwillinge sind hundemüde vom Boßeln.“ Viola verabschiedet sich und wünscht Henny einen schönen Abend mit Gregor.
Kaum ist sie verschwunden, rumort es hinter der Verbindungstür. Ob Gregor gelauscht hat? Das wäre Henny sehr unangenehm. Dieses Mal klopft sie. „Gregor? Ich bin fertig. Wir können starten.“
Keine fünf Minuten später hakt sich Henny bei Gregor auf der Straße unter. „Liegt das Restaurant auch nicht soweit entfernt?“ Mit gemischten Gefühlen denkt Henny an ihr Schuhwerk. Aus Eitelkeit trägt sie zu ihrem Kleid Highheels.
Gregor blickt an ihr hinunter. „Schaffst du es, mit deinen Pumps etwa dreihundert Meter zu laufen? Sonst trage ich dich.“
„Bloß nicht“, protestiert Henny und beißt die Zähne zusammen, denn die Füße schmerzen bereits. Sie sind

hohe Absätze einfach nicht gewöhnt.
Endlich erreichen sie Gregors auserkorenes Restaurant direkt an der Strandpromenade. Es ist auf zwei Ebenen aufgeteilt, wobei Gregor die Stufen zur oberen erklimmt. Der Kellner weist ihnen einen Tisch in einer separaten Ecke zu, der trotzdem einen Blick nach draußen gewährt. Ganz gentlemanlike überlässt Gregor Henny die Wahl des Sitzplatzes und rückt ihr den Stuhl zurecht.
„Das macht hier einen sehr vornehmen Eindruck", stellt Henny fest, als der Kellner mit der Getränkebestellung im Gepäck in Richtung Küche abtaucht.
„Für dich ist mir nichts gut genug", kokettiert Gregor. „Es soll ein unvergesslicher Abend werden."
Was hat Hennys Nachbar mit ihr vor? Einerseits schmeichelt ihr seine Einladung, andererseits mag sie dafür keine Erwartungen erfüllen. Hat Gregor etwa welche? Sie steckt ihre Nase in die Speisekarte. Für Grünkohl mit Pinkel sind sie offenbar an die falsche Adresse geraten.
Sogleich nimmt Gregor ihr den Wind aus den Segeln: „Für die regionalen Gerichte wie Grünkohl oder Labskaus kehren wir in den nächsten Tagen mal woanders ein."
„Was schlägst du für heute vor?", fragt Henny ein wenig verzagt, weil ihr die Speisen alle zu teuer erscheinen und sie nicht als Schmarotzerin gelten möchte.
Da der Kellner gerade die Getränke bringt, erkundigt sich Gregor bei ihm nach einer Empfehlung.
„Heute gibt es ein spezielles Drei-Gänge-Menü bestehend aus Senfcremesuppe als Vorspeise, Snirtjebraa als Hauptgang und Friesentorte als krönenden Abschluss."
„Snirtjebraa? Was ist das?" Henny hat den Ausdruck noch nie gehört.
„Gnädige Frau, es handelt sich um Schweinebraten mit Zwiebeln. Dazu reichen wir Princess-Bohnen und Kroketten."
„Okay, das hört sich gut an." Henny hätte viel lieber etwas für Norderney Typisches gegessen, denn Schweinebraten gibt es natürlich auch in Berchtesgaden. Wegen Gregor

hält sie sich jedoch bedeckt.
Er bestellt das Gleiche.
Während sie später die Suppe auslöffeln, unterhalten sich Henny und Gregor über das Boßeln und die Aktion der Zwillinge mit den Wattwürmern. Dabei lachen sie häufig, wie kindisch sie sich aufgeführt haben. Nicht gerade ihrem Alter entsprechend.
„Hauptsache, Viola und die Kinder können ihre Ferien weiterhin in ihrem Haus verleben." Gregor hebt sein Weinglas. „Darauf trinken wir."
„Und auf deine Einladung", ergänzt Henny. „Die Suppe schmeckt köstlich."
Gregor räuspert sich: „Das könntest du öfter haben."
„Was?"
„Dass ich dich zum Essen einlade. Meine Schwiegertochter kocht nicht besonders gut. Ich bin froh, wenn mich zukünftig jemand Charmantes wie du in ein Restaurant oder einen Gasthof begleitet. Allein macht das keinen Spaß."
„Ja, allein bereiten ganz viele Dinge kein Vergnügen", pflichtet Henny ihm bei. „Früher bin ich mit Sophia zum Beispiel oft am Königssee gewesen. Heutzutage raffe ich mich ohne sie nicht mehr auf. Meine Freundinnen haben ebenso wenig Lust dazu."
„Ich habe vor drei Jahren deshalb mit dem Golfen angefangen. Im Club treffe ich immer auf jemanden, der eine Runde mit mir auf dem Platz dreht."
Henny wittert ihre Chance. „War das nach dem Tod deiner Frau?"
„Ja, kurz danach. Ich musste meinen Kummer und die Erinnerung an das schreckliche Unglück irgendwie betäuben."
Dummerweise unterbricht der Kellner in diesem Moment das heikle Thema, indem er den Hauptgang serviert und Wein in die Gläser nachschenkt. „Guten Appetit", wünscht er.
Zunächst probieren Henny und Gregor den Schweine-

braten. Fieberhaft überlegt sie, das Gespräch zurück auf seine Frau zu lenken.
Gregor kommt ihr zuvor: „Denkst du auch, es könnte kein Unfall damals gewesen sein?"
Fast fällt Henny vor Schreck die Bohne von der Gabel, die sie gerade in den Mund schieben wollte. Mit dieser direkten Frage hat sie nicht gerechnet. „Ich ... habe deiner Version immer geglaubt. Wie heißt es? In dubio pro reo? Im Zweifel für den Angeklagten?"
„Obwohl die polizeilichen Ermittlungen zum Glück gegen mich eingestellt wurden, klebt der Verdacht bis zum jetzigen Zeitpunkt an mir, meine Frau ins Wasser gestoßen zu haben. Einige Leute tuscheln nach wie vor. Das spüre ich ganz deutlich."
Henny unterbricht Gregor: „Vermutlich bildest du dir das ein. Seit einiger Zeit ist das dumme Gerede verstummt. Die Sache ist in deren Augen längst erledigt."
„Willst du die Geschichte trotzdem hören? Es wäre für mich wichtig, dass du sie kennst, auch wenn es nicht gerade ein Thema für einen romantischen Weihnachtsabend ist."
„Wenn es dich erleichtert." Henny drückt sich vorsichtig aus, denn Gregor soll nicht merken, wie brennend sie die Wahrheit interessiert.
Er leert sein Weinglas in einem Zug. Um sich Mut anzutrinken?
Der Kellner räumt die Teller ab. „Wünschen die Herrschaften Tee oder Kaffee zum Nachtisch?"
Gregor zögert mit der Antwort. „Es wäre nett, wenn wir die Friesentorte etwas später bekommen könnten. Unsere Mägen benötigen eine kleine Pause."
„Sehr gern. Dann überlegen Sie sich bis dahin, was Sie dazu trinken möchten." Der Kellner entfernt sich.
„Ich hoffe, das ist auch in deinem Sinn", wendet sich Gregor Henny zu.
„Ja, klar. Erzähl deine Geschichte ruhig weiter."
„Also, unsere Perlenhochzeit wollten meine Frau und ich

fernab allein feiern. Dazu charterten wir ab Barcelona eine Jacht, mit der wir rund um die Balearen segeln wollten. Als erste Insel steuerten wir Mallorca an, gefolgt von Ibiza und Formentera. Dann ging es zurück in den Norden über Menorca, wo wir einige Tage ankerten und das Leben genossen, bevor es zurück nach Barcelona gehen sollte. Für die Strecke planten wir einen Nachttörn ein, der einen besonderen Reiz beim Segeln ausmacht. Es ist fantastisch, nachts am Ruder zu stehen und in den sternenüberfluteten Himmel zu schauen. Manchmal schickt er sogar eine Sternschnuppe hinunter." Gregor gerät ins Schwärmen. „Hast du schon mal so etwas erlebt?"
„Nein, mit Segeln hatte Hubert nichts am Hut."
„Dann hast du etwas Wunderbares verpasst. Aber weiter. Wir holten den Wetterbericht ein. Nichts deutete auf einen Umschwung hin. Keine Wolke am Himmel, das Meer ruhig. Wir teilten die Wachen für die Nacht ein und wollten uns alle drei Stunden ablösen. Meine Frau übernahm die von 22 Uhr bis 1 Uhr. Ich haute mich in meine Koje und schlief wohl sofort ein. Plötzlich erwachte ich durch ein Geräusch. Es hörte sich an, als würden die Segel im Wind flattern. Die Jacht schaukelte hin und her.
Mit einer bösen Vorahnung stolperte ich über die Treppe nach draußen und brüllte nach meiner Frau. Sie war nirgendwo zu sehen. Anschließend spulte ich wie in Trance die Notfallmaßnahmen ab. Ich eilte zurück unter Deck und drückte den MOB-Knopf."
Henny unterbricht: „MOB? Was bedeutet das?"
„MOB heißt *Man over Board.* Damit merkt sich die Navigationsanlage die aktuelle Schiffsposition als Anhaltspunkt für die Suche nach der vermissten Person." Nach dieser Erklärung fährt Gregor mit seinem Bericht fort: „Zurück an Deck warf ich den Rettungsring an der Leine über Bord. Dabei war mir bewusst, dass sich das Boot inzwischen viel zu weit von der Stelle entfernt hatte, wo meine Frau wahrscheinlich über Bord ging. Ich überlegte kurz, wann es passiert sein könnte und rechnete mir den

ungefähren Standort aus. Anschließend holte ich die Segel ein, startete den Motor und wendete die Jacht. In der Dunkelheit wirkt die Meeresoberfläche unendlich. Ich guckte mir die Augen aus dem Kopf. Mit dem Handscheinwerfer leuchtete ich in die Ferne, wenn ich mir einbildete, etwas im Wasser entdeckt zu haben. In Wahrheit handelte es sich lediglich um silbergraue Schaumkronen.

Als es endlich dämmerte, hatte ich das Gebiet einige dutzend Mal abgesucht. Von meiner Frau fehlte weiter jede Spur. Ursache für ihr Verschwinden war wohl plötzlich einsetzender, drehender Wind, den sie nicht einkalkuliert hatte. Was genau passiert war, konnte bis heute nicht rekonstruiert werden."

Gregors Stimme klingt verzweifelt und voller Selbstvorwürfe. „Wir hätten auf den Nachttörn verzichten sollen. Der hatte wegen des sich veränderndes Windes seine Tücken. Daran hätte ich denken müssen."

Intuitiv ergreift Henny über den Tisch hinweg Gregors Hand und drückt sie kurz. „Trotzdem trifft dich keine Schuld. Es war ein furchtbarer Unfall. Kam überhaupt Hilfe irgendwoher?"

„Ja, ich hatte gleich nach dem Unglück einen Notruf abgesetzt. Im Morgengrauen erschien das Boot von der Küstenwache von Menorca. Wir haben stundenlang nach meiner Frau geforscht. Vergeblich. Das Meer hatte sie für immer verschlungen."

„Eine grausame Geschichte." Henny läuft es eiskalt über den Rücken. „Ich kann mir nur annähernd vorstellen, was du durchlebt hast."

„Ohne Thomas' Mutter nach Hause zurückzukehren, war das Schlimmste. Die Enkelsöhne haben auch so schrecklich geweint. Ich wünschte mir damals, dass ich lieber gestorben wäre. Niemand aus der Familie hat mir jemals Vorwürfe gemacht oder der Theorie der Polizei geglaubt. Im Gegenteil: alle haben mich nach außen verteidigt. Dieser Zusammenhalt war großartig."

„So sollte eine Familie im Normalfall funktionieren. Jeder kann sich auf jeden verlassen. Weißt du, dass sogar zwei Beamte damals bei uns waren, um sich zu erkundigen, ob eure Ehe gut war?“
„Wie bitte?“ Gregor zieht eine Augenbraue hoch. „Das habe ich nicht bemerkt. Darf ich erfahren, was ihr geantwortet habt?“
„Na, die Wahrheit natürlich. Dass wir euch als harmonisches Paar kennen. Wir fanden diese Fragerei sehr befremdlich und unangemessen.“
„Das tut mir leid, dass euch die Polizei behelligt hat.“ Gregor wirkt leicht geschockt.
„Dich trifft keine Schuld. Ich glaube, das gehört zu deren routinemäßigen Ermittlungen“, beteuert Henny und nippt kurz am Weinglas.
Gregor tut es ihr gleich. „Nichtsdestotrotz ist es kein gutes Gefühl, wenn alle Nachbarn mit in diese Angelegenheit hineingezogen worden sind. Demnach ist das Getuschel kein Wunder.“
„Danke für dein Vertrauen. Die meisten kennen das Geschehen nur vom Hören und Sagen. Ich kann mir nun ein besseres Bild machen. Wie wäre es mit der Friesentorte? Die heitert uns ein bisschen auf“, schlägt Henny vor.
„Gute Idee.“
Sie bestellen beim Kellner einen Ostfriesentee passend dazu. Wenig später serviert er eine schön verzierte Kanne mit einem Stövchen zum Warmhalten.
Weißer Kandiszucker bringt die goldbraune Flüssigkeit in der Tasse zum Knistern. Erst zum Schluss wird ein Löffel voll Sahne hineingeschüttet.
Der Kellner erklärt: „Auf keinen Fall dürfen Sie den Tee umrühren. Das würde Sie sofort als Touristen enttarnen.“
Endlich lächelt Gregor wieder und kostet den Tee. „Wirklich aromatisch.“
Henny pflichtet ihm nach dem Genuss bei. „Ich bin gespannt auf die Friesentorte.“ Während sie ein Stück probiert, erfolgt ihre Analyse. „Ich merke mir zum

Nachbacken: dünne Schichten aus Blätterteig, viel geschlagene Sahne, Pflaumenmus, Nüsse und Mandeln."
„Lädst du mich dazu ein?", bettelt Gregor und schenkt Henny einen treuherzigen Dackelblick.
„Mal sehen. Wenn du mich brav zurück nach Berchtesgaden fährst, denke ich darüber nach."

♥

KAPITEL 16

Als Henny gegen Mitternacht in ihrem Bett liegt, fühlt sie sich leicht beschwingt. Liegt es am Weinkonsum oder an Gregors Gesellschaft? Er hat ihr einen wunderbaren Abend beschert. Nicht nur das Essen war ein absoluter Genuss, sondern auch die ehrliche Unterhaltung mit ihm.
Henny hat keinen Zweifel mehr an dem tragischen Segelunfall, auf den Gregor keinen Einfluss hatte. Sie ist erleichtert, mit ihm darüber gesprochen zu haben. Obwohl sie stets an seiner Unschuld festgehalten hat, ist im Unterbewusstsein durch das Geschwätz der anderen Nachbarn ein diffuses Gefühl geblieben. Endlich ist es dem Vertrauen gewichen, dass Gregor die Wahrheit sagt.
Der Ärmste musste nicht nur den Tod seiner Frau verkraften, sondern zusätzlich das Verhör der Polizei und die Anfeindungen aus dem Umfeld. Wie gut, dass seine Familie bedingungslos auf seiner Seite steht. In solch eine Situation möchte wirklich niemand geraten.
Hennys Gedanken schweifen zu Violas Überlegungen. Ist Gregor tatsächlich in sie verliebt? Es übersteigt Hennys Vorstellungsvermögen, sich im Alter noch einmal an einen Partner zu binden. Ihre kleine Familie genügte ihr bisher. Zugegebenermaßen gefällt ihr Gregor. Er ist charmant, hilfsbereit und fürsorglich. Sicher sind dies Eigenschaften, die Henny an ihm schätzt. Könnte sie die Nähe oder den Körperkontakt eines neuen Mannes ertragen? Käme dies einem Verrat an Hubert gleich? Glücklicherweise muss sich Henny diese Frage vorläufig nicht beantworten, denn sie schläft über ihre Grübeleien ein.
Wie lange sie bereits im Land der Träume war, weiß

Henny nicht, als eine leichte Berührung zwischen ihren Brüsten den Schlaf abrupt beendet. Wie in Trance schaltet sie die Nachttischlampe an. Zu ihrem Entsetzen krabbelt eine riesige Spinne an ihr hoch. Henny schafft es nicht, einen Schrei zu unterdrücken. Sie springt aus dem Bett und versucht, die Spinne abzuschütteln. Was für ein Fehler, denn plötzlich ist sie nicht mehr zu sehen. Das heißt, das Tier kann jederzeit in der Nacht erneut auftauchen und Henny in Angst und Schrecken versetzen. Alle möglichen Ideen schießen ihr durch den Kopf, die durch das Klopfen an der Verbindungstür unterbrochen werden.
„Ist etwas passiert?“, hört Henny Gregor fragen. Sofort öffnet sie.
„Luca hat nicht alle Spinnen wieder eingesammelt. Ein Riesenmonster ist an mir hochgekrochen. Es war furchtbar. Ich habe das Vieh nicht getötet. Jetzt hat es sich irgendwo versteckt, um mir aufzulauern.“
„Die tut dir nichts“, beschwichtigt Gregor.
„Vielleicht ist sie aber nicht die einzige Spinne im Raum. Ich verbringe keine Sekunde mehr in diesem Zimmer, bis Luca es gründlich untersucht hat.“ Entschlossen schüttelt Henny ihr Kissen und die Bettdecke aus und läuft damit zur Tür. „Ich schlafe unten auf dem Sofa weiter.“
„Das brauchst du nicht. Du kannst bei mir übernachten. Ich habe keine Spinne bemerkt.“
Empört deutet Henny sein Angebot falsch. „Du willst die Situation ausnutzen? Was fällt dir ein?“
„Du hast ja eine blühende Fantasie. Ich will das Bett mit dir tauschen. Du schläfst in meinem, ich in deinem. Spinnen sind nützliche Tiere, denn sie fangen Insekten. Die finde ich viel störender. Morgen suchen Luca und ich alle Ritzen ab, versprochen.“
Beschämt lenkt Henny ein. „Entschuldige, das war blöd von mir. Gern nehme ich dein Angebot an.“
Sie wechseln die Räume, aber einschlafen kann Henny nicht. Warum hat sie sich so zickig verhalten? Das war völlig unangebracht. Gregor will gar nichts von ihr,

sondern ist nur fürsorglich. Viola befindet sich auf dem falschen Dampfer mit ihrer Vermutung, dass er in Henny mehr sieht als seine Nachbarin. Warum bedauert sie das plötzlich? Entwickelt sie etwa Gefühle für Gregor, die bisher im Verborgenen schlummerten? Es tut Henny unglaublich gut, wie er sich um ihre Bedürfnisse kümmert. Hubert hätte sich in so einer Situation völlig anders verhalten. *Stell dich nicht so an*, hätte er gebrummt und weitergeschlafen. Dabei erinnert sich Henny an eine ähnliche Begebenheit vor vielen Jahren, als Sophia ein Kind war. Ein Frosch war vermutlich durchs Kellerfenster direkt in den Korb mit frisch gewaschener Wäsche gefallen. Henny hob ihn auf und blickte in seine Augen. Mit einem gellenden Schrei ließ sie den Korb fallen und rannte nach oben ins Erdgeschoss, wo sie Hubert direkt in die Arme lief. „Ein Frosch im Keller. Du musst ihn fangen", flehte Henny damals ihren Mann an.
Mit einem Eimerchen aus Sophias Sandkiste bewaffnet, begab er sich in den Waschraum und kehrte kurz darauf zurück.
„Hast du ihn?", stellte Henny die bange Frage.
„Logisch. Ich setze ihn am Weiher aus."
Henny glaubte Hubert das und setzte sich für einen Moment aufs Sofa, um sich von dem Schrecken zu erholen. Danach startete sie einen neuen Versuch, die Wäsche vom Keller ins Obergeschoss zu bringen. Wer hüpfte ihr auf der Treppe entgegen? Der besagte Frosch. Hubert hatte sie belogen. Der Eimer war in Wahrheit leer und der Gang zum Weiher vorgetäuscht. Wie gut war es, dass Sophia an diesem denkwürdigen Tag bei einer Freundin zum Spielen weilte. Die Frosch-Affäre löste nämlich eine Ehekrise aus. In den folgenden Monaten zweifelte Henny alles an, was Hubert sagte oder tat, bis sie sich zur Vernunft rief. Es dürfte nicht sein, dass dieses grüne Etwas dauerhaft ihre Beziehung beschädigte. Womöglich ekelte sich Hubert selbst vor dem Tierchen, wollte es aber nicht zugeben. So machte Henny ihren

Frieden mit dieser Angelegenheit. An das Fröschchen dachte sie jedoch länger. Hätte es sich wie im Märchen in einen Prinzen verwandelt, wenn sie es an die Wand geworfen hätte?

♥♥♥

Gregor besitzt eindeutig die bessere Matratze. Sie ist bei Weitem nicht so durchgelegen wie Hennys. Demnach hat sie sich für das falsche Zimmer entschieden. In Gregors Bett hat sie viel entspannter geschlafen, weil der Rücken nicht wie sonst schmerzte. Diese späte Erkenntnis hilft nichts, denn Henny kann Gregor kaum bitten, die Matratzen zu tauschen. Ob er bereits erwacht ist?
Die Antwort gibt er ihr in diesem Moment. „Henny? Bist du auf?“, dringt seine Stimme durch die Verbindungstür.
„Ja, warte. Ich öffne dir sofort.“ Blitzartig wirft Henny einen Blick in den Spiegel über dem Schreibtisch. Mit verzausten Haaren mag sie ihm nicht gegenübertreten. Ihre Finger fahren kurz über den Kopf.
„Guten Morgen, mein Retter“, begrüßt Henny Gregor. „Hat dich eine Spinne belästigt?“
Gregor grinst. „Falls ja, habe ich es nicht bemerkt. Sag mal, auf dieser Matratze hältst du es mit deinem kaputten Rücken aus?“
„Wenn ich ehrlich bin, nein. Auf deiner habe ich dagegen wie auf Wolken geschlafen.“
„Dachte ich mir.“
Ehe sich Henny versieht, reißt Gregor die Matratze von seinem Bett, trägt sie in Hennys Zimmer und tauscht sie aus.
„Hey, das kann ich nicht annehmen“, protestiert Henny.
„Doch, ich habe keine Rückenbeschwerden und bin obendrein harte Kojen in Booten gewohnt. Mir macht das nichts aus.“
„Du bist wirklich ein Schatz.“ Henny beißt sich auf die Lippen. Jetzt benutzt sie genau das Kosewort, das sie

Gregor umgekehrt verboten hat.
Er grinst. „Dafür, dass du das endlich erkennst, hat sich meine Hilfsbereitschaft gelohnt. Du darfst dich gern revanchieren."
„Womit?"
„Indem du zukünftig öfter etwas mit mir unternimmst."
Henny tastet sich skeptisch vor. „An was denkst du zum Beispiel?"
„Ins Kino oder in die Therme gehen. Spaziergänge, Restaurantbesuche. Brauchst du mehr Vorschläge?", neckt Gregor.
Gegen ihren Willen lacht Henny. „Nein, das reicht mir fürs Erste. Ich glaube, ich kann dir den ein oder anderen Wunsch erfüllen."
„Großartig. Ich werde dich in Berchtesgaden an dein Versprechen erinnern."
In diesem Augenblick schreit Luca durch die Tür. „Wo bleibt ihr? Verpennt? Das Rührei wird kalt."
„Wir kommen gleich", antworten Henny und Gregor wie aus einem Mund und schmunzeln sich an.
„Dann dusche ich später", entscheidet sich Henny.
„Okay, ich ebenso."
In Windeseile schlüpft Henny in eine Hose und einen Pullover, putzt sich jedoch im Schnelldurchgang die Zähne und kämmt sich die Haare.
Als Henny und Gregor fast gleichzeitig am Tisch eintreffen, blicken sie in traurige Gesichter.
„Was ist los?", fragt Henny sofort.
„Papa ist weg", erklärt Louise. Eine Träne läuft über ihr Gesicht. „Er mag uns alle nicht mehr."
„Das stimmt nicht", beschwichtigt Viola. „Er kommt in zwei Tagen wieder. Einen neuen Auftrag darf er sich nicht entgehen lassen und muss deshalb ins Büro. Das hat nichts mit euch beiden zu tun."
Ob Violas Aussage der Wahrheit entspricht oder eine Ausrede beinhaltet, ergründet Henny nicht. Die plötzliche Abreise kann genauso gut bedeuten, dass Tobias sich

endgültig gegen Viola entschieden hat und zu seiner Assistentin zurückgekehrt ist. Dabei wollte sich Gregor heute mit den beiden zusammensetzen, um über die Finanzen zu reden.
Hennys Hoffnung, dass Viola und Tobias sich versöhnen, schmilzt dahin. Die Ehe scheint nicht mehr zu retten zu sein. Arme Kinder. Sie tun Henny am meisten leid. Ihre bedrückten Gesichter verursachen ihr Magenschmerzen. Wie soll sie die Zwillinge aufheitern? Zu dieser Jahreszeit sind die Möglichkeiten stark eingeschränkt.
Wieder ist es Gregor, der einen Einfall beisteuert. „Habt ihr Lust, das Golfen zu erlernen?"
Louise und ihr Bruder schauen ihn erstaunt an.
„Geht das im Winter?", hakt Luca nach.
„Ja, es liegt kein Schnee. Dann ist das kein Problem. Ich rufe beim Club an und frage, ob wir auf der Driving-Ranch Bälle schlagen dürfen. Ich zeige euch, wie es funktioniert. Seid ihr dabei?" Gregor zwinkert Henny zu. Er verschafft ihr damit Freiraum, um Viola zu trösten.
Prompt meint Louise: „Henny, kommst du mit?"
„Nein, wie ihr wisst, lässt das mein Rücken leider nicht zu. Ich helfe eurer Mutter bei der Vorbereitung des Essens."
„Schade. Ich hätte dich gern dabei", bedauert Louise und lehnt ihren Kopf vertrauensvoll an Hennys Schulter.
„Ich gehe lieber mit dir noch einmal ins Schwimmbad."
„Wirklich? Mit oder ohne Rutsche?" Louises Gesichtsausdruck hellt sich auf.
„Ohne natürlich. Meine Hämatome vom letzten Besuch sind zwar inzwischen gelb statt blau, aber neue riskiere ich nicht."
Als Gregor, Louise und Luca vom Tisch aufstehen, ruft Henny energisch: „Halt. Was wird aus meiner Spinne im Zimmer? Die muss bis zum Abend gefunden werden."
Unter Gelächter lauschen die anderen Hennys nächtlichem Albtraum. Wenigstens hat das Tierchen die Kinder fröhlicher gestimmt.
„Tut mir leid. Da habe ich mich wohl verzählt und eine

vergessen", gibt Luca grinsend zu. „Ich suche sie, wenn wir zurück sind, Indianerehrenwort."
Viola entlässt ihre Sprösslinge mit den Worten: „Ich wünsche euch viel Spaß. Haut euch nicht den Schläger gegenseitig auf den Kopf."
Sobald die drei die Haustür hinter sich geschlossen haben, öffnen sich Violas Schleusen. Offenbar hat sie die Tränen wegen der Zwillinge bislang zurückgehalten. Vor Henny gibt sie sich keine Blöße mehr. „Tobias ... er hat", schluchzt sie, „einen Zettel auf den Küchentisch gelegt, dass er unerwartet für zwei Tage weg muss. Angeblich beruflich. Das ist bestimmt eine Lüge."
„Du meinst, seine Assistentin hat ihn zu sich gepfiffen?" Tröstend legt Henny den Arm um Viola.
„Klar, wer sonst. Nicht mal für seine Kinder hält er es mit mir aus." Erneut kullern die Tränen.
„Vielleicht täuscht du dich. Es ist durchaus möglich, dass er sich um einen Auftrag kümmert." Henny bezweifelt das in Wahrheit ebenso. Tobias ist nicht zu durchschauen. Bisher hatte Henny durchaus den Eindruck, er würde einen Neuanfang mit Viola planen. Weit gefehlt. Womit kann sie die junge Frau aufrichten? Henny fällt nichts ein, was sie trösten könnte. Um Ablenkung bemüht erkundigt sie sich nach den Essensplänen.
„Ich wollte einen Kartoffelauflauf machen. Allerdings habe ich kein Hackfleisch. Es ist beim Metzger bestellt. Könntest du es eventuell abholen? So verheult mag ich nirgendwo auftauchen."
„Natürlich. Soll ich sonst etwas einkaufen?", bietet Henny an, die sich freut, frische Luft zu schnappen.
„Wenn dir das nicht zu viel wird. Du kannst den Bollerwagen zum Transportieren mitnehmen. Ich schreibe dir alles auf einen Zettel."
Eine Viertelstunde später macht sich Henny mit dem Gefährt hinter sich herziehend auf den Weg. In was für einen Familienschlamassel sind Gregor und sie geraten? Wenn Tobias ihr Sohn wäre, würde sie ihm gehörig ins

Gewissen reden. Wie kann er eine so wunderbare Frau wie Viola und seine liebenswerten Kinder verlassen? Ob er über alle Konsequenzen, die eine Scheidung mit sich bringt, wirklich nachgedacht hat? Wie Henny die Situation einschätzt, werden sich die Zwillinge möglicherweise von ihm abwenden. Obwohl das alles nicht ihr Problem ist, sorgt sie sich um das Wohl der Leihfamilie. Die wenigen Tage haben bewirkt, dass Henny sie ins Herz geschlossen hat und sogar nach dem Aufenthalt auf Norderney mit ihr in Kontakt bleiben möchte, sofern sie damit einverstanden ist. Trotzdem stehen Sophia und Emma an erster Stelle.
Als hätte Sophia Hennys Gedanken gelesen, ruft sie auf dem Smartphone an. „Hallo, Mama. Was treibst du gerade?"
„Wie schön, dass du dich meldest. Ich bin mit dem Bollerwagen zum Einkaufen unterwegs. Ich hätte euch so gern bei mir. Euch würde es hier gefallen."
„Das glaube ich dir, aber in Perth geht es uns auch gut. Vince hat uns bereits viel von der Umgebung gezeigt. Australien ist wirklich eine Reise wert. Ich schieße extra viele Fotos für dich. Hier ist eins von Emma. Sie fragt ständig nach dir."
Zwei Sekunden später starrt Henny auf das Bild mit ihrer heißgeliebten Enkelin. Wie so oft rührt sie der Anblick dieses niedlichen Wesens. „Ich vermisse euch so."
„Wir dich genauso. Bald sehen wir uns endlich wieder."
Sophia verabschiedet sich, da Vince offenbar drängelt. Immerhin lässt er Henny einen Gruß ausrichten, oder hat Sophia den erfunden? Hinsichtlich ihres Schwiegersohns ist sich Henny nie sicher, ob er sie mag oder eher nicht. Bei nächster Gelegenheit wird sie ihn einfach fragen, was ihn stört. Wenn Henny eines in den Tagen auf Norderney gelernt hat, so ist das, Probleme unter den Beteiligten direkt anzusprechen.

KAPITEL 17

Henny nutzt die Einkaufsrunde ein wenig zum Sightseeing. Aufgrund Tobias‘ Verschwinden befürchtet sie, keine freie Minute mehr dafür zu haben. Schließlich sind Gregor und Henny zur Betreuung von Louise und Luca engagiert. Die beiden bedürfen momentan besonderer Zuwendung, weil sie sich von ihrem Vater im Stich gelassen fühlen.

Viola benötigt außerdem Zeit für sich allein, um ihr zukünftiges Leben als alleinerziehende Mutter zu ordnen. Henny ist dankbar, Sophia zusammen mit Hubert eine einigermaßen stabile Familie geboten zu haben. Möge das der kleinen Emma und ihren eventuellen Geschwistern ebenso widerfahren.

Durch die Situation von Viola und Tobias gelangt Henny zu der Erkenntnis, dass es richtig war, bei Hubert zu bleiben. Manchmal hatte Henny bei einem Streit im Geist die Koffer für sich und Sophia gepackt, es sich jedoch jedes Mal anders überlegt. In einer Ehe mit Kindern schmeißt man nicht gleich die Flinte ins Korn, wenn die Harmonie kurzfristig aus den Fugen gerät. Wer weiß, ob Henny ohne ihre gemeinsame Tochter nicht irgendwann abgehauen wäre. Eine Affäre hätte sie Hubert allerdings nie verziehen, sondern ihn rausgeschmissen.

Insgeheim bewundert Henny Viola, die offensichtlich bereit ist, mit Tobias die Ehe fortzusetzen. Umso trauriger, dass er das anders zu beurteilen scheint.

Allmählich füllt sich der Bollerwagen mit den diversen Einkäufen. Gar nicht so einfach, ihn mit der Last zu manövrieren. Immer wieder eckt Henny an. Schließlich rammt sie einen Zaun. Zum Glück ist er nicht beschädigt.

Henny wirft einen Blick in den Vorgarten. Sogar im Winter präsentiert er sich als echter Hingucker. Auf dem verwitterten Bauernzaun tummeln sich bunte Keramikfiguren. Besonders der Frosch sticht Henny ins Auge und erinnert sie an die Begegnung im Waschkorb. Er zaubert ihr ein Schmunzeln ins Gesicht.

Die Besitzer scheinen außerdem ein Herz für lebende Tiere zu haben. Nicht nur in den Bäumen hängen Nistkästen, sondern auch an der Hauswand, die durch Efeu ein spezielles Kleinklima bietet. Überall finden die Vögel Futterquellen. Ein kleines Naturparadies mitten in der Stadt. Henny betrachtet es mit Begeisterung. Davon könnten sich viele Hauseigentümer eine Scheibe abschneiden, deren Vorgärten steril und praktisch gestaltet sind. Als eigene Anregung schießt Henny mit ihrem Smartphone ein Foto. Es gesellt sich zu den anderen, die sie bereits von einigen prachtvollen Villen gemacht hat. Große Freitreppen vor einem säulenartigen Vorbau beeindrucken Henny ständig aufs Neue. Einen solchen Stil kennt sie von Berchtesgaden nicht. Neben diesem Gründerzeitcharme existieren leider Bausünden wie das ein oder andere Hochhaus, das wohl dem modernen Tourismus geschuldet ist.

Trotzdem hat Henny Norderney mittlerweile liebengelernt, weil das romantische Ambiente der idyllischen Gässchen überwiegt. Mit neuen Eindrücken und den Einkäufen im Gepäck kehrt sie zu Viola zurück. Ungewollt hört Henny Fetzen eines Telefongespräches mit, das sie gerade im Wohnzimmer führt.

„Nein, das Haus steht nicht mehr zum Verkauf. Es tut mir leid. Ich werde das Angebot sogleich aus dem Netz nehmen.“ Viola legt auf.

Verblüfft nimmt Henny die Neuigkeit zur Kenntnis, wagt jedoch nicht, Viola zu fragen.

„Du hast aber lange gebraucht“, stellt diese fest, als sie Henny entdeckt. „Wo ist der Bollerwagen?“

„Den habe ich draußen gelassen. Am besten tragen wir die

Sachen mithilfe von Taschen in die Küche."
Gemeinsam verstauen sie anschließend die Einkäufe. Wie auf glühenden Kohlen wartet Henny auf eine Erklärung von Viola, wieso das Haus plötzlich nicht mehr käuflich ist. Ihre Neugierde wird auf eine harte Probe gestellt und vorläufig nicht befriedigt. Stattdessen bittet Viola Henny, die Kartoffeln zu kochen. „Ich muss kurz an den PC."
„Kein Problem." Natürlich weiß Henny, was Viola dort erledigt. Wie kommt es zu dem Wandel? Warum hält Viola die freudige Nachricht unter Verschluss? Henny kann sich keinen Reim darauf machen. Geduld gehört nicht zu ihren Tugenden. Für Spekulationen bleibt keine Zeit, denn das aufgesetzte Wasser kocht auf dem Herd über. So ein Mist. Henny wischt die Bescherung mit Papiertüchern auf, als Viola die Küche betritt. Sie springt ihr sofort helfend zur Seite. Irgendwie wirkt sie gelöst, und zum Glück spannt sie Henny nicht länger auf die Folter.
„Stell dir vor, ich behalte dieses Haus. Ist das nicht fantastisch?"
Henny täuscht Erstaunen vor. „Was ist passiert, als ich weg war? Hat sich Tobias gemeldet?"
„Nein, mit ihm hat es nichts zu tun. Ich habe meine Mutter angerufen. Unser Clan legt zusammen, um Tobias seinen Anteil am Haus auszuzahlen. Meine Eltern wollen es ihren Enkeln und mir unbedingt erhalten."
„Das freut mich riesig für euch." Spontan umarmt Henny Viola. „Wissen es Louise und Luca schon?"
„Nein. Diese Nachricht möchte ich ihnen persönlich sagen und nicht per WhatsApp."
„Das verstehe ich. Auch Gregor wird überrascht sein. Wie kommt es plötzlich zu der positiven Wende?", bohrt Henny nach.
„Nachdem Tobias abgehauen ist, sehe ich keine Chance auf eine Versöhnung. Das Bedürfnis, mit meiner Mutter darüber zu reden, überfiel mich, als du weg warst. Sie hat längst die Katastrophe vorausgeahnt und heimlich ein Konzept entwickelt. Alle Familienmitglieder, die sich an

der Finanzierung beteiligen, erwerben ein entsprechendes Recht, das Ferienhaus zu nutzen, wenn wir nicht hier sind. Das erscheint mir fair, zumal ich auf diese Weise von einer Rückzahlung an Tante oder Onkel oder wen auch immer aus dem Clan verschont bleibe."

„Das nennt man Familienzusammenhalt. Eine super Lösung."

Seit langer Zeit lächelt Viola wieder. „Was für ein Glück, dass ihr die Wattwurm-Aktion gestartet habt. Womöglich hätten wir sonst das Haus bereits an dieses ominöse Pärchen vergeben."

„Diese geniale Idee ist deinen Kindern zu verdanken. Nur die Spinnen hätten sie sich sparen können." Henny und Viola kichern gleichzeitig.

„Ich habe deine Beischläferin bereits gefunden und in den Schuppen gebracht", verrät Viola. „Vor Spinnen fürchte ich mich nicht."

„Beneidenswert. Komischerweise habe ich keine Angst vor Käfern, aber diese langen Spinnenbeine sind einfach nicht meine Kragenweite. Danke, dass du mein Zimmer von ihnen befreit hast."

Nachdem der Auflauf endlich im Ofen gelandet ist, kehrt Gregor mit Louise und Luca zurück.

Der Junge sprudelt begeistert seine Erfahrungen mit dem Golfschläger aus, während sich seine Schwester bedeckt hält. Henny glaubt ihr anzumerken, dass diese Sportart nicht zu Louises Lieblingstätigkeiten zählt. Ihr Eindruck bestätigt sich.

„Henny? Gehst du morgen mit mir ins Badehaus?", fragt sie prompt. „Luca will mit Gregor auf den Golfplatz."

„Ja, gern", lautet Hennys Antwort. Sie schaut zu Viola hinüber. „Ich glaube, eure Mutter möchte euch eine Überraschung verkünden."

Nach Violas Bericht fallen sich Mutter und Kinder in die Arme. Zusammen mit Gregor und Henny tanzen sie ausgelassen um den Tisch herum.

Dadurch gerät der Auflauf in Vergessenheit, bis Gestank

auf ihn aufmerksam macht.
„Oh, nein“, schreit Viola. „Unser Essen ist verkohlt.“ Mithilfe von zwei Küchenhandschuhen holt sie die Form aus dem Ofen. Ungenießbar.
„Das vermiest unser gute Stimmung nicht. Ich lade euch ins Seerestaurant ein“, schlägt Gregor vor, was von Henny und den anderen lauthals befürwortet wird.
Auf diese Weise probiert Henny wenig später endlich Grünkohl mit Pinkel.
Gregor entscheidet sich für Labskaus.
Auf den Protest der Zwillinge warten sie vergebens. Denen scheint nach der frohen Botschaft, das Haus zu behalten, alles egal zu sein. Sie folgen sogar dem Wunsch ihrer Mutter, statt Schnitzel mit Pommes lieber die Gemüselasagne zu wählen.
„Was fangen wir mit dem restlichen Nachmittag an?“ Gregor betupft sich nach dem letzten Bissen den Mund mit der Serviette.
„Ich habe von der Inselbahn gelesen. Sie fährt zu allen wichtigen Sehenswürdigkeiten“, wirft Henny in die Runde.
Viola bedauert: „Die hat leider Winterpause.“
„Ach, schade. Die Zeit rennt davon. Ich würde so gern möglichst viel von Norderney sehen, bevor es zurück in den Süden geht. Wer weiß, ob ich jemals zurückkehre.“ Henny unterdrückt ihre Enttäuschung nicht.
Erneut hat Gregor eine Lösung parat. „Wenn Viola es erlaubt, machen wir mit Louise und Luca eine Inselrundfahrt im Käfer.“
„Cool, mit deinem Auto würde ich so gern mal fahren“, pflichtet Luca bei.
„Ich auch“, schließt sich Louise an. „Bitte, Mama, erlaub es uns.“
„Warum sollte ich euch das verbieten? So oft bekommt ihr keine Gelegenheit, in einem echten Oldtimer mitgenommen zu werden.“
„Die Rücksitzbank hat Platz für drei. Du kannst uns begleiten“, meint Gregor.

Viola zögert. „Ich habe einige Dinge zu erledigen und bin froh, wenn ihr die Kinder beschäftigt."
„In Ordnung. Hast du einen Rat für uns, was wir unbedingt besuchen sollten?"
Nachdem Viola Gregor einige Tipps gegeben hat, starten sie. Erst beim dritten Anlauf springt der Motor an. Offenbar hat *Toni* zu lange unbenutzt sein Dasein gefristet. Zunächst geht es im Südosten zur einzigen Windmühle, die jemals auf einer Ostfriesischen Insel gebaut wurde. Inzwischen ist sie nicht mehr als solche in Betrieb, sondern dient als uriges Restaurant. Es ist bekannt für seine variantenreichen Windbeutel. Kein Wunder, dass Luca sofort auf die Idee kommt, bereits hier eine Pause einzulegen.
Henny gefällt das Innenleben der Mühle auf Anhieb. Friesisch-gemütlich und mit den typischen weiß-blauen Delfter Kacheln geschmückt laden kuschelige Nischen zum Schmaus ein.
Die Windbeutel sind in der Tat eine Delikatesse und so riesig, dass sie den Tellerboden komplett ausfüllen.
„Puh, ich platze gleich", outet sich Henny. „Zu Abend esse ich nichts mehr."
Weiter knattert der *Toni* anschließend zum Norderneyer Kap, dem markanten Seezeichen der Insel. Es erhebt sich auf einer rund 17 Meter hohen Düne im Osten der Stadt.
Über eine Treppe erklimmen Henny und Gregor das Bauwerk, während die Zwillinge keine Lust dazu verspüren. Leider ist die Aussicht von oben durch tiefhängende Wolken getrübt. Trotzdem genießt Henny diesen Moment mit Gregor allein. Sein Lächeln vermittelt ihr ein Gefühl der Verbundenheit. Was haben sie nicht alles in den wenigen Tagen seit ihrer Abreise von Berchtesgaden erlebt.
Gregor bringt es verbal zum Ausdruck. „Ich freue mich so über den Erhalt des Hauses für Viola und die Kinder. Bei allem Kummer, den die Scheidung in der Zukunft mit sich bringt, ist das ein kleines Trostpflaster. Hast du eine

Ahnung, warum Tobias bei Nacht und Nebel verschwunden ist? Glaubst du seiner beruflichen Version?"
Henny zögert mit der Antwort: „Ich kenne ihn zu wenig. Über Weihnachten hat er sich bemüht, ein liebevoller Vater zu sein. In Bezug auf Viola konnte ich nichts Negatives feststellen. Sie haben sich nicht in unserer Gegenwart gestritten. Wie es innen in ihnen aussah, vermag ich nicht zu beurteilen. Jedenfalls hat Viola die Hoffnung auf eine Versöhnung durch seine Abreise aufgegeben."
„Die Ärmste. Als Außenstehende haben wir kein Recht, uns einzumischen. Wir sind wohl oder übel zum Zuschauen verdammt, wie die Familie auseinanderbricht. Ich hätte nie gedacht, dass mich das Schicksal von Fremden einmal derartig berührt."
Dieses Mal legt Henny ihren Arm um Gregors Schulter. „Gerade das macht dich sympathisch. Ich hätte nie vermutet, dass in meinem Nachbarn mehr steckt als ein guter Finanzberater und Schneeschipper."
„Ach, Henny, du hast ja Humor. Wo war der bisher verborgen?" Gregor lacht.
„Du hast ihn nur nicht verstanden", kontert Henny. „Er ist eben ganz speziell."
Es fängt leicht zu nieseln an. Deshalb beenden sie den Ausflug auf das Kap.
Die Kinder treten bereits von einem Bein auf das andere.
„Wo bleibt ihr solange?", mault Luca. „Habt ihr heimlich da oben geknuscht?"
Louise stößt ihren Bruder in die Rippen. „Das fragt man doch nicht, du Idiot."
„Genau. Steigt ins Auto", befiehlt Gregor und zwinkert Henny mit einem Auge zu. Womöglich malt sich seine Fantasie gerade aus, wie ein Kuss gewesen wäre.
Da der Regen stärker wird, brechen sie den Ausflug ab.
Bei heißem Tee, Kaminfeuer und den restlichen Weihnachtskeksen von Henny spielen sie alle Karten.
Sogar Viola wirkt entspannt. Sicher ist ihr ein großer Stein

vom Herzen gefallen, dass das Haus in ihrem Eigentum verbleibt.
Während Louise und Luca auf dem Tisch später ein Puzzle legen, berät Gregor Viola, wie es für sie finanziell im Falle einer Scheidung weitergeht.
„Magst du dir Fotoalben anschauen?“, bietet Viola Henny an. „Sonst wird dir langweilig.“
„Gute Idee.“ Henny zieht sich mit ihrem Teeglas und diversen Alben aufs Sofa zurück. Glücklicherweise sind die Fotos fast alle untertitelt, sodass sie weiß, wer, wo und wann auf den Bildern zu sehen ist.
Vor allem Louise und Luca füllen mehrere Alben. Schließlich greift Henny nach einem, das bereits in die Jahre gekommen ist. Der Umschlag hat Flecken und einen Riss. Dieses Album scheint älteren Datums zu sein. Tatsächlich enthält es Fotos von Tobias als Kind und Teenager.
Fast fallen Henny die Augen vor Staunen aus dem Kopf. Plötzlich weiß sie, an wen Tobias sie erinnert. Er sieht Ralf, ihrem einstigen Jugendschwarm, total ähnlich. Plumper Zufall? Oder ist Tobias mit ihm verwandt? Sofort erkundigt sich Henny bei Viola nach Tobias‘ Vater. „Heißt er etwa Ralf?“
„Ja, genau. Wie kommst du darauf?“
„Ich glaube, ihn zu kennen. Weißt du, ob er mal in seiner Jugend längere Zeit in Berchtesgaden gelebt hat?“ Henny hält die Luft vor Anspannung an.
Viola zuckt mit den Schultern. „Keine Ahnung.“
Luca ereifert sich. „Doch, Opa hat mal vom Echo am Königssee erzählt. Der hat eine Weile in der Nähe gewohnt, als er jung war.“
„Was du alles weißt“, staunt Viola nicht schlecht.
Gregor runzelt die Stirn, als würde er eine nähere Erklärung von Henny fordern, die sie ihm gibt: „Ich hatte einige Monate einen Gastschüler namens Ralf in der Klasse. Sein Vater arbeitete bei uns der Gegend. Nach den Sommerferien war er plötzlich wieder verschwunden. Er

sah Tobias sehr ähnlich."

„Am besten fragst du Papa, wenn er zurück ist. Vielleicht weiß er darüber Bescheid", mutmaßt Louise. „Das wäre ja ein cooler Zufall, wenn du unserem Opa schon mal begegnet wärst."

„Allerdings. Da werde ich sofort eifersüchtig", scherzt Gregor.

„Wieso? Henny hat doch dich geheiratet." Auf Louises logische Schlussfolgerung herrscht Schweigen.

Henny ist in Versuchung, den Kindern endlich die Wahrheit über ihre tatsächliche Beziehung zu Gregor zu beichten, aber das wäre gegen die Abmachung mit Viola. Deshalb hält sie sich zurück.

Da auch Gregor keine Anstalten macht, seine Ehe zu Henny zu dementieren, ist dieses Thema vorläufig abgehakt.

Von diesem Moment an kann Henny die Rückkehr von Tobias kaum erwarten. Handelt es sich bei besagtem Ralf wirklich um ihren Angebeteten aus früheren Zeiten? Falls ja, ist die Welt tatsächlich klein.

♥

KAPITEL 18

Henny fiebert dem Auftauchen von Tobias entgegen, der sich seit seiner Abfahrt nur bei Louise und Luca gemeldet hat. Wann genau er wieder auf Norderney ist, weiß niemand.
Wie am Vortag versprochen, besucht Henny zusammen mit Louise das Badehaus, während Gregor mit Luca Golfbälle schlägt.
Es kostet Henny dieses Mal Überwindung, zum Schwimmen zu gehen. Ihre gelblich schimmernden Hämatome setzt sie ungern fremden Blicken aus. Das Mädchen zu enttäuschen, bringt sie allerdings nicht fertig.
Mit den Badetaschen ausgestattet strampeln sie per Fahrrad zum Schwimmbad.
Gregor und Luca sind im *Toni* zum Golfplatz unterwegs. Darüber ist Henny sehr froh, denn ihr Nachbar muss sie nicht unbedingt im Badeanzug mit den Flecken am Körper begutachten. Insofern siegt ihre Eitelkeit.
Louise und Henny stellen die Räder vor dem Eingang des Schwimmbades ab und lösen die Tickets. Dabei fällt Hennys Blick auf die Tafel mit Wellness-Angeboten. Es locken einige Verwöhnprogramme: Meersalz-Milchbad, Meerwasser-Teebad, Sprudelbad, Sanddornöl-Bad und natürlich Massagen.
Louise scheint Henny anzusehen, dass sie damit liebäugelt.
„Du kannst dir ruhig eine Anwendung erlauben. Ich rutsche solange durch die Röhre“, schlägt das Mädchen vor.
„Hm ...“ Henny hat die Aufsichtspflicht. Darf sie Louise einfach eine Weile allein lassen? Die Versuchung ist groß.
„Was soll mir passieren? Ich kenne jede Kurve und alle

Tücken der Rutsche“, legt Louise nach, als würde sie Hennys Skrupel erahnen.
„Okay, überredet, aber in einer Stunde hole ich dich dort ab. Einverstanden?“
„Abgemacht.“
Daraufhin bucht Henny ein Bad mit Sanddornöl und bereut das wenig später nicht. Schon lange hat sie sich nicht mehr so entspannt. Die anschließende Massage bewirkt ihr Übriges. In der Form bereitet Henny der Besuch des Badehauses Spaß.
Den hat auch Louise offenbar beim Rutschen gehabt. Ihre leuchtenden Augen beweisen es, als Henny sie aufgabelt.
„Willst du es nicht noch einmal probieren?“, fordert Louise auf.
„Nein.“ Henny lacht. „Diesbezüglich entwickele ich keinerlei Ehrgeiz.“
„Schade, dafür zeige ich dir eine andere Attraktion, die wir beim letzten Mal nicht genutzt haben.“
Henny schwant Übles. Gerade ist sie so herrlich gelöst und möchte dieses Gefühl nicht gegen Angst und Schrecken eintauschen.
Ihre Sorge entpuppt sich als völlig unbegründet.
Louise führt sie zu sogenannten Wasserfallduschen. Aus sechs Metern Höhe prasselt das Wasser auf Henny und ihre Leihenkelin herunter. Fast genauso wohltuend wie die Massage zuvor.
Zum Schluss genießen sie das spektakuläre Meerwasser-Brandungsbecken umgeben vom Wattenmeer- und Inselambiente.
Ein Abstecher in die Lounge mit Erfrischungsgetränken, nachdem sie sich wieder angezogen haben, rundet das Badevergnügen ab.
„Du bist eine coole Oma“, bemerkt Louise wie aus heiterem Himmel, als sie eine Cola trinken. „Ich bin froh, dass Mama dich und Gregor für uns ausgewählt hat.“
Mit solch einem Lob hat Henny nicht gerechnet. Fast verschluckt sie sich vor Rührung. „Das freut mich. Ihr

Zwillinge seid ja auch total nett."
Louise setzt ihre Liebeserklärung fort: „Ich hoffe, wir sehen uns nach den Ferien einmal wieder. Luca und ich werden euch sehr vermissen."
„Wir euch auch. Über WhatsApp und Mails bleiben wir in Kontakt. Vielleicht besucht ihr uns sogar mal in den Bergen."
„Ach, das wäre total cool." Louise setzt einen betrübten Blick auf. „Wahrscheinlich können wir uns einen Urlaub nicht mehr leisten, wenn Papa und Mama sich scheiden lassen."
„Bisher sind sie ja nicht getrennt. Vielleicht geschehen noch Zeichen und Wunder." Henny möchte das Mädchen trösten, ahnt jedoch, dass es keine Versöhnung zwischen den Eltern geben wird.
Prompt braust Louise auf: „Papa mag seine neue Tussi lieber als uns. Er wollte die ganze Zeit bis Silvester bei uns bleiben, und nun ist er einfach abgehauen. Ich hasse diese Kuh, die ihn uns wegnimmt."
„Ich verstehe dich gut. Trotzdem hat er euch weiter genauso lieb."
„Warum ist er dann zu ihr? Mama würde ihm sogar verzeihen. Sie ist außerdem viel schöner und lieber als die Kuh." Louise ist dabei, sich in Rage zu reden, als Hennys Smartphone läutet. Zu ihrem Erstaunen handelt es sich um Luca.
Seine Stimme klingt aufgeregt: „Gregor ... ich kann nichts dafür ... Krankenhaus."
„Mal langsam und in Ruhe. Was ist los?", versucht Henny, die genaue Sachlage herauszufinden.
„Jemand hat Gregor einen Golfball an den Kopf geschossen. Der Sani hat ihn ins Krankenhaus gefahren." Luca beginnt zu schluchzen. „Er ... hat geblutet."
„Wo bist du jetzt?", fragt Henny, deren Herz plötzlich heftig klopft.
„Ich laufe nach Hause. Kannst du den *Toni* abholen?"
„Klar, das erledige ich später. Hast du deine Mutter

informiert?“
„Sie geht nicht ans Telefon.“
„Hast du notfalls einen Hausschlüssel?“, setzt Henny das Verhör wie automatisiert fort.
„Nein. Louise hat einen dabei. Könnt ihr sofort nach Hause kommen?“
„Moment, ich spreche mit deiner Schwester.“ Kurz erläutert Henny dem Mädchen die Situation, das die Augen entsetzt aufreißt. „Lebt Gregor denn?“
„Ja, keine Angst. Sie haben ihn ins Krankenhaus gebracht. Fährst du bitte allein mit dem Rad nach Hause und schließt deinem Bruder die Tür auf? Ich eile zu Gregor und sage euch Bescheid, sobald ich Näheres über ihn weiß.“
Louise nickt. „Viel Glück.“

♥♥♥

Henny hat Mühe, in der Klinik einen kompetenten Ansprechpartner zu finden.
Die Empfangsdame verweist sie in den ersten Stock. Dort soll sie sich weiter durchfragen.
Gesagt, getan. Henny klopft an die Tür des Schwesternzimmers.
„Was gibt's?“, brüllt jemand durch die Tür.
Vorsichtig lugt Henny durch einen Spalt. „Ich suche einen Mann, der etwa vor einer halben Stunde mit einer Kopfwunde eingeliefert wurde.“
„Bin ich Hellseherin?“, poltert ein Drachen von Krankenschwester los. „Name?“
Henny nennt ihn eingeschüchtert.
„Der ist im OP.“
Henny erschrickt. „Ist es so schlimm?“
„Wer sind Sie überhaupt? Ich darf Ihnen sonst gar nichts sagen.“
„Ich bin ...“ Fieberhaft überlegt Henny, welches Verwandtschaftsverhältnis infrage kommt.

„Was denn nun? Frau, Schwester, Cousine? Ich habe nicht ewig Zeit.“
„Verlobte“, fällt Henny im letzten Moment ein.“
„Na, also, geht doch.“ Der Drache mustert Henny von oben bis unten. „Ist *Verloben* wieder in? Ich dachte, das wäre altmodisch und wenn, tun es nur junge Leute.“
Mit Mühe schluckt Henny eine bissige Bemerkung hinunter. Was fällt dieser Person ein, ein Verlöbnis am Alter festzumachen? „Bitte sagen Sie mir endlich, was meinem Verlobten geschehen ist. Ich weiß, dass ihn ein Golfball am Kopf getroffen hat.“
„Stimmt. Ihr Typ hat eine Platzwunde, die genäht wird. Mehr weiß ich im Moment auch nicht. Warten Sie im Flur. Der behandelnde Arzt erzählt Ihnen später mehr.“ Mit diesen Sätzen entlässt der Drache Henny, die schleunigst die Tür hinter sich schließt.
Die trostlose Krankenhausatmosphäre erinnert Henny an einen eigenen Aufenthalt. Allerdings war damals das Personal viel freundlicher, als sie mit gebrochenem Sprunggelenk in Berchtesgaden eingeliefert wurde. Blöder konnte sie nicht ausrutschen, nämlich auf spiegelglattem Eis beim Ausleeren des Müllsacks in die Abfalltonne. Wochen danach hüpfte sie an Krücken herum. Es dauerte lange, bis Henny wieder richtig laufen konnte.
Sie hockt sich vor die Flügeltür, auf der zu lesen ist:

OP-Bereich. Zutritt nur Befugten gestattet

Nach einer Stunde hat das Ausharren ein Ende.
Ein Pfleger fährt Gregor in einem Rollstuhl heraus. Er trägt eine Kopfbinde und eine Halskrause.
„Wie geht es dir?“ Henny stürzt auf die beiden zu.
„Halb so wild. Mein Kopf ist drangeblieben.“ Gregors Humor scheint jedenfalls nicht beschädigt. „Ich habe eine leichte Gehirnerschütterung und soll deswegen ein bis zwei Nächte zur Beobachtung hierblieben.“
„Du Ärmster. Wie konnte das passieren?“

„Das weiß ich nicht so genau. Ich hatte Luca gerade gezeigt, wie man einputtet, als mich etwas am Kopf traf. Ein Irrläufer."
„Wer war das?"
„Keine Ahnung. Die Polizei wurde eingeschaltet, was mir gar nicht gefällt. Der Golfclub braucht wohl Klärung für die Versicherung. Ich habe es aus bekannten Gründen nicht so mit den Cops."
„Darf ich Sie jetzt in ihr Zimmer bringen?", mischt sich der Pfleger ein. „Auf mich warten noch andere Patienten."
„Moment", bittet Gregor, indem er sich an Henny wendet. „Tust du mir einen Gefallen?"
„Jeden."
„Holst du mir meinen Kulturbeutel, meinen Bademantel und einen frischen Schlafanzug? Also nicht das Sträflings-Modell. Du findest einen anderen im Schrank."
Gegen ihre Willen kichert Henny. „Ja, kein Problem. Wenn du mir deinen Autoschlüssel gibst, kümmere ich mich um *Toni.*"
„Danke, mein Schatz." Gregor zwinkert Henny zu. „Du bist die Beste."
Als Erstes rast Henny so schnell sie kann auf dem Fahrrad nach Hause.
Viola und die Kinder hocken im Wohnzimmer und lauschen wenig später Hennys Ausführungen. Sie sind sehr betroffen.
„Dürfen wir Gregor besuchen?", erkundigt sich Louise.
„Heute soll er sich schonen. Vielleicht entlassen sie ihn sogar morgen. Ich hole ihm den Käfer vom Golfclub ab. Anschließend bringe ich Gregor seine gewünschten Sachen."
„Ich fahre dich", bietet Viola an. „Kann ich sonst irgendetwas für Gregor tun?"
„Momentan ist er versorgt. Wenn er zurück ist, braucht er Ruhe und ist wahrscheinlich nicht mehr einsatzfähig."
„Ich lese Gregor etwas vor, damit er sich nicht langweilt", meldet sich Luca zu Wort.

Seine Mutter ergänzt: „Ich koche ihm sein Lieblingsessen."
Offenbar will Louise den anderen nicht nachstehen. „Von mir bekommt er einen Kuchen, den ich selbst backe."
„Ihr seid wirklich lieb", meint Henny. „Wie in einer echten Familie. Bei so viel Fürsorge wird Gregor bestimmt schnell gesund."

♥

KAPITEL 19

In Gregors Schrank sucht Henny nach den genannten Kleidungsstücken und wundert sich über die penible Ordnung. Zwar hat er keinen Pullover explizit gewünscht, aber Gregor trug seine Golfmontur, als das Unglück passierte. Ihm fehlt folglich einer.
Viola war so nett, Henny eine Tragetasche zu leihen. In diese stopft sie alles hinein. Als sie den Reißverschluss zugezogen hat, fällt ihr Blick auf einen angefangenen Roman auf Gregors Nachttisch. Vielleicht freut es ihn, darin weiterzulesen. Jemand mit einer Gehirnerschütterung sollte sich allerdings schonen. Folglich lässt Henny ihre Idee lieber fallen. Trotzdem nimmt sie das Buch in die Hand, weil der Titel so verlockend nach Frauenliteratur klingt. Außerdem gehört die Autorin zu Hennys Lieblingsschriftstellerinnen. Dieses Werk von ihr kennt sie bisher nicht. Ist ihr der Newsletter entgangen, indem die neusten Veröffentlichungen mitgeteilt werden? Ein Mann, der einen Liebesroman liest, ist Henny bislang nicht begegnet. Aus dem Buchrücken schaut ein Lesezeichen heraus. Danach zu urteilen, ist Gregor nicht weit gekommen. Bei näherer Betrachtung entpuppt sich dieses jedoch als ein Foto. Vorsichtig klappt Henny die Seite auf, um es anzuschauen. Was über eine Überraschung. Es zeigt sie selbst in ihrem Garten, wie sie Emma auf der Schaukel anstößt. Wie gerät Gregor an das Bild? Hat er sie heimlich fotografiert? Warum trägt er es bei sich? Rätsel über Rätsel. Da gibt es Klärungsbedarf.
Zunächst kutschiert Viola Henny zum Golfplatz.
Toni fristet auf dem Parkplatz ein einsames Dasein. Hier

scheint um die Uhrzeit nichts mehr los zu sein.
„Wartest du bitte, bis das Auto anspringt?“, wünscht Henny sich von Viola, die Sorge hat, dass ihr der Start nicht gelingt.
„Logisch. Gib mir ein Handzeichen, wenn ich abfahren kann und richte Gregor bitte gute Besserung von mir aus. Morgen besuche ich ihn mit den Kindern.“
Mit einer gehörigen Portion Nervosität setzt sich Henny hinters Steuer vom Käfer. Wie ging das? Zuerst die Kupplung treten, dann den Gang einlegen, leicht Gas geben und Kupplung langsam kommen lassen. Der Schweiß tritt Henny aus allen Poren. Wie gut, dass es dunkel und einsam hier ist. So bleiben ihr hämische Blicke erspart, als sie den Rückwärtsgang nicht auf Anhieb findet. Endlich ist es geschafft. Henny gibt Viola das verabredete Zeichen, die sich daraufhin entfernt.
Dummerweise hat Henny nicht den Hauch von Ahnung, wie der Weg vom außerhalb liegenden Golfplatz zum Krankenhaus verläuft. Dummerweise ist Viola weg, die ihn bestimmt gewusst hätte. Es bleibt Henny nichts anderes übrig, als die grobe Richtung zur Stadt einzuschlagen. Immer den Lichtern nach.
Mit Konzentration gelingt es Henny schließlich über kleine Umwege, die Klinik zu erreichen. Puh, was für ein Kraftakt. Dieses Mal gerät sie am Informationsschalter an eine freundliche Empfangsdame. Es war wohl Schichtwechsel. Sie erklärt Henny, in welchem Zimmer Gregor liegt.
Da es sich bei ihm um einen Privatpatienten handelt, ist er in einem Einzelzimmer untergebracht. Das hat den immensen Vorteil, sich ungestört unterhalten zu können, denn Henny hat mit Gregor ein Hühnchen wegen des Fotos zu rupfen.
Allerdings strahlt er sie beim Betreten des Raumes derartig an, dass ihre Frage zunächst in den Hintergrund rückt.
„Wie geht es dir? Soll ich deine Sachen in den Schrank räumen?“
„Ja, danke, du bist wirklich ein Schatz. Hast du alles

gefunden?", liefert er Henny das Stichwort.
„Nicht nur deine Klamotten, sondern auch ein Foto, das in deinem Buch steckt. Ich wollte es dir erst mitbringen, aber bei einer Gehirnerschütterung dürfen sich deine Augen nicht anstrengen. Es tut mir leid. Ich wollte nicht indiskret sein."
Gregors bisherige Gesichtsfarbe, die dem weißen Verband um den Kopf ähnelt, wechselt zu rosarot. „Du meinst das mit Emma und dir?"
„Ja, genau. Gibt es etwa noch andere von mir in deinem Besitz?", fragt Henny mit Irritation in der Stimme. „Lauerst du mir mit deinem Fotoapparat auf?"
„Nein, natürlich nicht", weist Gregor die Anschuldigung von sich. „Im vergangenen Sommer tobten meine Enkel in unserem Garten im Swimmingpool. Meine Kamera liegt meistens auf meinem Schreibtisch für Schnappschüsse bereit. Als ich die Jungen fotografierte, kamst du mir bei einem Schwenk vor die Linse. Es sah so rührend aus, wie du die kleine Emma auf der Schaukel angestupst hast. Ich musste einfach auf den Auslöser drücken."
Henny täuscht Empörung vor: „Du kennst das Recht am eigenen Bild? Du darfst Leute nicht ohne ihre Einwilligung ablichten." In Wahrheit fühlt sich Henny geschmeichelt, dass Gregor das Foto offenbar ständig bei sich trägt.
Er setzt eine zerknirschte Miene auf. „Entschuldige bitte. Es war nicht richtig. Auf diese Weise bist du mir nah."
Henny wird mulmig zumute. Was wird das? Eine Liebeserklärung? Am liebsten möchte sie die Flucht ergreifen, als eine Krankenschwester ihre Gedanken einbremst.
„Guten Abend. Brauchen Sie etwas?", erkundigt sie sich bei Gregor.
„Nein, danke. Ich habe alles, was ich im Moment zur Genesung benötige." Dabei schaut er Henny liebevoll an, die sich inzwischen anders besonnen und auf den Stuhl neben dem Bett gesetzt hat.
„Verstehe." Ein Lächeln huscht über das Gesicht der Schwester. „Dann störe ich nicht länger. Gute Nacht."

Als Gregor und Henny wieder allein sind, greift er nach ihrer Hand. „Du bist schon länger mehr für mich, als eine nette Nachbarin. Weißt du das?“
Sind es Schmetterlinge, die sich plötzlich in Hennys Bauch formieren? Sie kann dieses Gefühl nach so vielen Jahren nicht einsortieren. Empfindet sie auch mehr für Gregor, als sie sich bisher eingestehen wollte?
„Du schweigst. Überrumpele ich dich?“ Automatisch versucht Gregor, seine Hand zurückzuziehen, aber Henny hält sie fest. „Nein, ich habe es nur verlernt, mich für das andere Geschlecht zu interessieren. Seit Huberts Tod denke ich nicht mehr an eine eventuelle Zweisamkeit. Ich konzentriere mich stattdessen auf Sophia und ihre Familie. Wahrscheinlich übertreibe ich das sogar und erdrücke sie mit meiner Liebe und Fürsorge.“
Gregor lacht und hält sich den Kopf, der offenbar schmerzt. „Dann wird es höchste Zeit, dass du mir etwas davon abgibst.“
„Wenn wir es langsam angehen.“ Henny beugt sich zu Gregors Gesicht und küsst ihn auf die Wange.
„Das ist ja schon mal ein Anfang.“ Ob das ironisch gemeint ist, verrät Gregor nicht.
Henny muss sein Geständnis jedoch erst einmal für sich verarbeiten. Deshalb lenkt sie das Thema auf den *Toni*. „Dein Auto steht unten auf dem Parkplatz. Ich hoffe, ich bringe ihn heil zu Violas Haus.“
„Nicht nur dorthin“, äußert Gregor.
„Wie meinst du das?“
„Der Arzt hat mir signalisiert, in der nächsten Zeit nicht hinters Steuer zu dürfen.“
„Das bedeutet?“ Henny schwant Übles.
„Dass du den *Toni* und mich zurück nach Berchtesgaden fährst.“
„Nicht dein Ernst?“ Entsetzt blickt Henny Gregor an.
„Mein voller. Es gibt keine andere Möglichkeit.“
„Kann dein Sohn nicht mit dem Zug oder Flugzeug herkommen und uns abholen?“ In Henny keimt ein

Hoffnungsschimmer auf.
„Er weiß nicht mal, dass ich auf Norderney bin. Ich werde mich hüten, ihm den Unfall zu beichten. Thomas muss seine Schwiegereltern ertragen. Das reicht."
„Ich schaffe die lange Strecke nicht allein", jammert Henny weiter.
„Ich sitze doch neben dir. Gemeinsam können wir alles", beschwichtigt Gregor Hennys Bedenken. „Du hast das wunderbar auf dem Hinweg gemacht. *Toni* ist wie Wachs in deinen Händen."
„Mach dich ruhig lustig über mich. Du kannst froh sein, einen Mitleidsbonus zu haben. Ansonsten würde ich dich jetzt schütteln."
„Küss mich lieber noch einmal, damit ich schneller gesund werde."
Henny verpasst ihm einen flüchtigen Abschiedskuss auf den Mund.
„Das müssen wir noch üben." Bei keiner Gelegenheit verliert Gregor offenbar seinen Humor, der Henny erneut ein Lächeln ins Gesicht zaubert und ihr vor Augen führt, das Leben mehr von der heiteren Seite zu betrachten.
„Eine gute Nacht. Bestimmt schläfst du hier besser als auf der durchgelegenen Matratze."
„Die nehme ich für dich in Kauf. Ich würde lieber Tür an Tür mit dir nächtigen als in dieser Anstalt."
„Vielleicht darfst du morgen nach Hause."
„Eher nicht. Wahrscheinlich erst übermorgen. Ich hoffe, ihr besucht mich am Nachmittag."
„Auf jeden Fall. Ansonsten melde dich bei mir. Der *Toni* und ich holen dich sofort ab, wenn du grünes Licht gibst."
„Mach ich." Mit einer Kusshand entlässt Gregor Henny aus dem Zimmer.

♥♥♥

Niemals hätte es Henny für möglich gehalten, sich nach der langen Ehe mit Hubert noch einmal für einen Mann näher zu erwärmen. Sie wagt nicht daran zu denken, was Sophia sagt, wenn sie von Hennys Zuneigung zu Gregor erfährt. Ihr Vorurteil gegen ihn revidiert sie kaum deswegen von heute auf morgen. Wie Henny ihre Tochter einschätzt, wird sie sich sorgen und versuchen, ihr Gregor auszureden. Zunächst bleibt es ihr Geheimnis, allein schon, um sich daran zu gewöhnen, vielleicht auf Dauer nicht mehr als Single durchs Leben zu laufen. Henny gehört gewiss nicht zu der Spezies Frauen, die sich euphorisch und kopflos in irgendein Liebesabenteuer stürzt. Gregor ist gefordert, erst einmal weiter Vertrauen zwischen ihnen aufzubauen. Was gegebenenfalls daraus erwächst, wird die Zukunft zeigen.

Als Henny ins Ferienhaus zurückkehrt, umzingeln sie Viola und die Kinder sofort.

„Wie geht es Gregor? Darf er morgen aus dem Krankenhaus raus? Oder sollen wir ihn besuchen?" Die Fragen prasseln auf Henny nieder wie kirschgroße Steine.

„Halt. Ich ziehe mich erst einmal aus. Danach berichte ich euch von ihm."

Viola hat wohl in Erwartung auf Hennys Heimkehr eine Kanne mit Tee auf ein Stövchen gestellt.

Der tut gut. Sogar einen Spritzer Rum lässt Henny heute zu. Er trägt zum Abbau ihrer inneren Anspannung bei. Gregors Geständnis hat ihre Gefühle ordentlich durcheinandergewirbelt. Ihre Leihfamilie soll natürlich nichts davon ahnen.

Henny hat die Rechnung ohne Viola gemacht. „Ist etwas Besonderes in der Klinik vorgefallen?", setzt sie das Verhör der Zwillinge fort.

Henny wiegelt sofort ab. „Gregor erholt sich wieder. Wie ihr ihn kennengelernt habt, schmeißt ihn so leicht nichts um, nicht mal eine Gehirnerschütterung."

„Hoffentlich findet die Polizei heraus, welcher Blödmann Gregor fast abgeschossen hat." Luca beißt in eines der belegten Brote, die seine Mutter zubereitet hat.

„Ja, das wäre wichtig, denn Gregor steht neben Schadensersatzansprüchen sogar Schmerzensgeld zu.“ Viola stöhnt leise auf und wendet sich an Henny. „Es tut mir so leid, dass euer Aufenthalt derartig aus dem Ruder läuft.“

„Gegen das Schicksal ist kein Kraut gewachsen. Euch trifft keine Schuld. Falls Gregor morgen im Krankenhaus bleiben muss, freut er sich auf euren Besuch. Wie ich ihn einschätze, wird ihm schnell langweilig, wenn er sich ruhig verhalten muss“, verkündet Henny.

„Wieso einschätzen?“ Louise runzelt die Stirn. „Du bist doch mit ihm schon ewig verheiratet.“

Eine peinliche Pause tritt ein. Viola kommt Henny zuvor: „Die beiden sind nicht verheiratet, sondern Nachbarn, die sich gern mögen.“

„Wie bitte? Ihr gehört gar nicht zusammen?“, bohrt Luca nach.

Henny ist froh, die Kinder nicht weiter zu belügen. „Nein, Gregor hat eure Mutter angeflunkert, um die Stelle als Betreuer für euch zu erhalten. Deshalb hat er sich als Schnarcher ausgegeben, um getrennte Zimmer zu bekommen. Ich hoffe, ihr seid uns nicht böse.“

„Quatsch, ist uns egal, ob ihr zusammen seid oder nicht. Hauptsache, wir haben Spaß mit euch, und das war bisher der Fall.“ Offenbar sieht Luca die Angelegenheit ganz locker.

Ebenso tutet seine Schwester in sein Horn: „Mich stört das auch nicht, und was nicht ist, kann ja noch werden. Wir wissen, dass Gregor in dich verknallt ist.“

„Woher?“, möchte Henny wissen.

Luca grinst schelmisch. „Das merkt man einfach.“

„Ihr Hobby-Psychologen dürft jetzt die Bettkarte lochen“, spricht Viola ein Machtwort. „Ihr gehört längst ins Land der Träume.“

Nachdem sich die Kinder verabschiedet haben, lassen Henny und Viola den Tag Revue passieren.

„Hast du etwas von Tobias gehört?“, erkundigt sich Henny.

„Leider nicht. Ich habe ihm mehrmals auf die Mailbox

gesprochen und um seinen dringenden Rückruf gebeten. Schließlich fällt Gregor als Unterstützung aus und damit als Spaßvogel für die Kinder. Da ist Tobias als Vater gefordert."
„Ja, ich kann die beiden Männer schlecht ersetzen", pflichtet Henny bei und mutmaßt: „Vielleicht hat Tobias Ärger im Büro."
„Pah, er wird mit seiner Geliebten Weihnachten nachfeiern. Womöglich kommt er gar nicht mehr zurück nach Norderney."
Spontan ergreift Henny für Tobias Partei. „Das tut er Louise und Luca nicht an. Er meldet sich bestimmt demnächst. Schließlich hat er ihnen an Silvester ein Feuerwerk im Garten versprochen."
„Ich habe aufgehört, an Wunder zu glauben. Lass uns zu Bett gehen. Es war ein ereignisreicher Tag. Morgen früh muss ich übrigens mit Luca aufs Polizeirevier. Die Beamten haben vergessen, ihn direkt nach dem Unfall mit Gregor zu befragen. Er weiß zwar nichts zu dem Geschehen beizusteuern, aber muss das trotzdem zu Protokoll geben. Meine Anwesenheit ist dazu nötig."
„Das nennt man Bürokratismus. Demnach schaue ich bei Gregor am Vormittag vorbei. Falls ich ihn nicht mit nach Hause nehmen darf, könnt ihr am Nachmittag nach ihm sehen."
„Okay, ein guter Plan. Gute Nacht, Henny. Erhol dich von all den Aufregungen."
„Du auch." Keine zehn Minuten später fällt Henny erschöpft in die Federn.

♥

KAPITEL 20

Wie Gregor befürchtet hat, befürworten die Ärzte eine weitere Nacht im Krankenhaus. Das teilt er Henny am frühen Morgen per WhatsApp mit.
Während Viola mit den Kindern das Polizeirevier aufsucht, kauft Henny einige Leckereien ein, um sie Gregor mitzubringen.
Er zeigt sich erfreut, als sie sein Zimmer betritt. „Welcher Glanz in meiner bescheidenen Hütte“, scherzt er zur Begrüßung. „Ich habe von dir geträumt.“
„Hoffentlich war es kein Albtraum“, kontert Henny und legt Gregor die mitgebrachten Süßigkeiten, sowie das Obst auf den Nachttisch.
„Oh, danke, du verwandelst meinen Aufenthalt in ein Schlaraffenland.“
„Übertreib nicht. Warum musst du einen Tag länger bleiben?“ Henny nimmt wieder auf dem Stuhl neben Gregors Bett Platz.
„Mein Blutdruck ist erhöht. Nichts Schlimmes.“ Wie meistens spielt Gregor eventuelle Probleme herunter. „Erzähl, gibt es etwas Neues von Tobias? Hat er sich endlich gemeldet?“
„Nein, leider nicht. Viola glaubt an kein Happy-End mehr. Sie ist zu bedauern.“
„Wir haben kaum eine Möglichkeit, an der Situation etwas zu ändern. Solange wir hier sind, können wir nur die Kinder ablenken und ihnen Spaß bereiten.“
„Du fällst ja weitestgehend aus“, stellt Henny fest. „Zumindest darfst du dich nicht anstrengen.“
„Dass heißt aber nicht, dass ich keine Karten mehr mit

euch spielen darf", muckt Gregor auf.
„Bis Silvester ist es nicht mehr lange. Bald kehren wir nach Berchtesgaden zurück.
Gregor seufzt leise. „Schade. Ich könnte es mit dir eine Weile länger auf der wunderbaren Insel aushalten." Er ergreift Hennys Hand und drückt sie. „Ich freue mich auf neue Abenteuer mit dir."
„Aber möglichst ohne Golfbälle am Kopf. Luca macht übrigens gerade bei der Polizei seine Aussage", teilt Henny mit. „Vielleicht finden sie den Übeltäter."
„So schwer ist das nicht. Diejenigen, die zur Zeit des Unfalls auf dem Platz waren, haben sich in eine Liste eingetragen. Ich vermute, dass der Täter nicht einmal bemerkt hat, was passiert ist, es sei denn, das Attentat auf mich war geplant." Gregor kann es nicht lassen, zu Hennys Erheiterung beizutragen.
Das Lachen vergeht ihr, als die Tür aufspringt. Ein Krankenpfleger streckt den Kopf herein. „Besuch für Sie. Darf er reinkommen?"
Henny runzelt die Stirn. Viola und die Zwillinge? Sie haben sich erst für den Nachmittag angekündigt.
„Wer ist es?", fragt Gegor nach.
„Eine Dame", gibt der Pfleger preis.
Bevor Gregor sich äußert, betritt hinter einem riesigen Blumenstrauß versteckt jemand auf Highheels die Bühne.
Sie stellt die Blumen samt Vase auf den Beistelltisch und säuselt zu Gregor: „Ich bin Jennifer und habe Ihnen das offenbar angetan. Gemerkt habe ich allerdings nichts davon." Sie zeigt auf den Kopfverband. Von Henny nimmt sie keinerlei Notiz, sondern pflanzt sich kess gegenüber auf den Bettrand. „Ich bin untröstlich", flötet Jennifer in übertriebenem Tonfall. „Als blutige Anfängerin verirren sich meine Golfbälle schon mal in Richtungen, wo sie nicht hingehören. Natürlich komme ich für alles auf. Es tut mir so leid. Wollen wir uns nicht duzen? Schließlich sind wir Golfkollegen", schlägt sie vor. „Ich weiß, dass du Gregor heißt."

„Meinetwegen", antwortet Gregor für seine Verhältnisse ziemlich wortkarg. Offenbar ist sein Sprachzentrum blockiert.
Aufgrund ihres starken Make-ups fällt Henny eine Schätzung von Jennifers Alter schwer. Wahrscheinlich bewegt es sich zwischen vierzig und fünfzig. Ihre gestelzte Art zu sprechen, wirkt auf Henny unsympathisch. Oder ist sie plötzlich eifersüchtig, denn es ist unüberhörbar, dass Jennifer Gregor anmacht. Hennys Verdacht bestätigt sich kurz darauf.
„Lieber Gregor, als kleine Wiedergutmachung lade ich dich in das beste Restaurant auf Norderney ein. Meine Versicherung habe ich ebenso benachrichtigt. Sie übernimmt alle Kosten für deine Verletzung."
So mundfaul hat Henny Gregor bisher nicht erlebt. Er starrt Jennifer an, als wäre sie gerade mit einem Ufo auf Norderney gelandet. Ist das etwa ein Zeichen, dass er von ihr beeindruckt ist?
Henny fühlt sich auf einmal überflüssig. Sie springt abrupt vom Stuhl auf. „Ich habe zu tun. Du hast ja jetzt Gesellschaft", verabschiedet sie sich von Gregor. Ohne eine Reaktion abzuwarten, flüchtet Henny aus dem Zimmer. Zwar freut sie sich für ihn, nun sein Recht zu erhalten, aber musste der Täter ausgerechnet eine Person wie Jennifer sein? Ob Gregor sie attraktiv findet? Neben ihr kam sich Henny alt und hässlich vor. Mit Jennifers sportlicher Figur hält sie nicht mit. Ihren Klunkern, die sie an den Händen und um den Hals trägt, nach zu urteilen, scheint Jennifer außerdem betucht zu sein. Imponiert Gregor solch ein Getue? Henny ist zu verwirrt, um sich eine eindeutige Antwort zu geben. Der Auftritt von Jennifer hat ihr allerdings gezeigt, wie sehr sie Gregor mag. Die plötzliche Konkurrenz gefällt Henny gar nicht. So muss sich ein Knockout anfühlen. Sie scheint aufs Abstellgleis geschoben zu werden.
Der arme *Toni* badet Hennys Chaos im Kopf aus. Es bedarf einiger Bocksprünge, bis der Käfer sich im

Einklang mit Kupplung und Gas fortbewegt. Henny ist froh, als sie ihn ohne Blessuren vor Violas Haus abstellt. Eine Beschädigung von Gregors heißgeliebtem Spielzeug hätte ihr gerade noch gefehlt. Es würde ihn vermutlich direkt in Jennifers Arme treiben.

Mit ihrer Wut im Bauch bemerkt Henny gar nicht, dass die Tür nicht wie üblich zwei Mal abgeschlossen ist, wenn alle ausgeflogen sind.

In Gedanken verloren entledigt sie sich ihres Mantels im Flur und ist froh, dass Viola ihre Kinder in ein Restaurant ausführt, um anschließend Gregor zu besuchen. Ob sie diese schräge Golftussi kennenlernen? Jedenfalls begrüßt es Henny, eine Weile allein zu sein.

Zu früh gefreut. Als Henny die Küche betritt, staunt sie nicht schlecht.

Tobias strahlt sie an. „Ich bin zurück."

„Das sehe ich", lautet Hennys lapidare Reaktion. „Wo steht dein Auto? Ich habe es gar nicht gesehen."

„Ich habe es extra in der Parallelstraße geparkt, weil ich Viola und die Kinder überraschen möchte."

„Womit?" Henny versteht nur Bahnhof, was möglicherweise an ihrem inneren Desaster wegen Gregor liegt.

„Hast du Zeit? Wie mir Luca geschrieben hat, sind alle zurzeit bei Gregor im Krankenhaus. Wir beide haben sturmfreie Bude."

Was wird das denn jetzt? Henny ist nicht danach, sich Tobias' Problemen zu widmen. Sie möchte in Ruhe ihre Gedanken sortieren. Nichtsdestotrotz wagt sie es nicht, Tobias seine Bitte zu verwehren. „Okay, was kann ich für dich tun?"

„Setzen wir uns ins Wohnzimmer?", schlägt Tobias vor.

Mit innerem Widerstand folgt Henny ihm und nimmt im Sessel Platz. Will er womöglich ihre Art der Kinderbetreuung kritisieren? Henny ist auf fast alles gefasst, nur nicht auf das, was Tobias tatsächlich von ihr begehrt.

Zunächst beginnt er mit Smalltalk über Gregors Befinden, zu dem Henny bereitwillig Auskunft erteilt. Jennifer bleibt

dabei unerwähnt. Über sie mag Henny nicht reden.
Plötzlich wechselt Tobias das Thema. „Louise hat mir geschrieben, dass du eventuell meinen Vaters kennst. Stimmt das?“
Kurz schildert Henny ihre Entdeckung auf dem Foto. „Du siehst als Teenager einem jungen Mann sehr ähnlich, der mal als Gastschüler in meine Klasse gegangen ist. Er hieß Ralf. Luca meint sich daran zu erinnern, dass dein Vater eine Weile in Berchtesgaden gelebt hat.“
„Das stimmt wirklich. Nachdem mir Luca davon erzählt hat, habe ich meinen Vater sofort gefragt. Er konnte sich an ein Mädchen mit deinem Namen erinnern und richtet dir liebe Grüße aus. Wenn es dir recht ist, gebe ich dir seine Handynummer, damit ihr euch austauschen könnt. Kanntet ihr euch näher?“, bohrt Tobias mit gespanntem Gesichtsausdruck nach.
Henny tastet sich vorsichtig vor: „Wie meinst du das?“
„Wart ihr enger befreundet?“
„Hm ...“, druckst Henny herum. „Es war mehr eine Schwärmerei von meiner Seite. Ralf war plötzlich damals nach den Sommerferien verschwunden. Ich habe nie mehr etwas von ihm gehört.“
„Wahrscheinlich hat mein Vater nichts davon geahnt, dass du ihn mochtest. Wer weiß, was passiert wäre, wenn er es gemerkt hätte.“
Henny verschweigt das Dazwischenfunken ihrer Freundin. Nach so einer langen Zeit ist das irrelevant. „Offenbar hat Ralf sein Glück gefunden, sonst gäbe es dich nicht.“
„Ja, er hat mit meiner Mutter das große Los gezogen, genau wie du mit Gregor. Ich beneide euch um eure Harmonie nach den vielen Ehejahren.“
Der Moment der Beichte ist in Bezug auf Tobias gekommen. Er ist der Einzige aus der Familie, der die wahren Tatsachen nicht weiß. „Ich muss dich leider enttäuschen. Gregor und ich sind nichts als Nachbarn. Wir waren beide mit anderen Partnern verheiratet und sind inzwischen verwitwet. Es war Gregors Schnapsidee, die

Stelle bei euch als Leihgroßeltern anzunehmen. Viola, Luca und Louisa sind seit Kurzem informiert."

Gespannt wartet Henny auf Tobias' Reaktion. Wird er ausrasten?

Das Gegenteil ist der Fall: „Ihr seid demnach nicht nur die perfekten Enkelsitter, sondern auch brillante Schauspieler. Ich habe euch das liebende Paar abgenommen ohne wenn und aber."

„Du bist uns also nicht böse?"

„Nein, keineswegs. Außerdem brauche ich dringend deine Hilfe", ändert Tobias den Kurs des Gespräches.

„Inwiefern?"

Im folgenden Monolog nimmt Tobias kein Blatt vor den Mund. „Ich habe in den vergangenen zwei Tagen mein Leben versucht, wieder in den Griff zu kriegen. Der Seitensprung mit meiner Assistentin war mehr als dumm von mir. Ich möchte Viola und die Kindern nicht verlieren. Ich liebe sie zu sehr. Daher kann ich nicht mehr nachvollziehen, warum ich schwach geworden bin. Jedenfalls bereue ich mein Handeln zutiefst und möchte mich mit meiner Frau versöhnen. Du hast in den wenigen Tagen ein Vertrauensverhältnis zu Viola aufgebaut und weißt bestimmt, ob ich überhaupt eine zweite Chance bei ihr hätte."

Mit seinen markanten Augen fixiert Tobias Henny.

Einen Augenblick verzögert sie ihre Antwort. So leicht darf sie es dem Abtrünnigen nicht machen. Schließlich hat Tobias seine Frau sehr verletzt. Deshalb lässt sie ihn zappeln. „Was ist mit der Assistentin? Arbeitet sie weiter bei dir?"

„Nein, ich habe mich sozusagen mit einer Abfindung an sie freigekauft. Wir haben zum Ende des Jahres einen Aufhebungsvertrag geschlossen. Die Summe war wohl zu groß, um lieber mich zu wählen." Tobias' Lachen klingt blechern. „Jedenfalls ist es mir wichtig, dass Viola mir wieder vertraut. Die Entlassung von meiner Ex-Geliebten ist der erste Schritt."

„Nun ja, du könntest sie außerhalb des Büros trotzdem weitertreffen." Das Leben hat Henny diese Skepsis gelehrt.
„Stimmt, aber diese Affäre habe ich endgültig beendet."
„Okay, ich spanne dich nicht länger auf die Folter. Viola liebt dich trotz allem, was zwischen euch vorgefallen ist. Ganz so einfach wird sie sich wahrscheinlich nicht zurückerobern lassen. Es sollte dir etwas Besonderes einfallen."
„Danke." Tobias umarmt Henny spontan. „Dazu brauche ich deine Hilfe."
„Was hast du vor?"
Tobias setzt eine geheimnisvolle Miene auf. „Ich habe für uns heute Nacht die Suite im besten Hotel auf Norderney reserviert. Wie durch ein Wunder ist sie bis Silvester frei, als hätte jemand aus dem Universum die Finger im Spiel. Dort erwartet Viola und mich ein Candle-Light-Dinner. Alles Weitere entscheidet unser Schicksal. Hütest du Louise und Luca? Weder die beiden noch Viola sollen ahnen, was ich plane."
„Klar, das mache ich gern, aber wie willst du Viola ins Hotel locken?"
„Genau das ist deine Aufgabe. Ein befreundetes Ehepaar von Viola und mir steigt öfter dort ab. Du sagst ihr bitte, dass Kosta und seine Frau angerufen haben und Viola heute Abend in ihr Hotel zum Essen einladen. Sie soll sich einfach gegen 20 Uhr an der Rezeption einfinden."
„Würden das eure Freunde nicht eher übers Handy erledigen und dich miteinladen?", äußert Henny ihre Bedenken.
„Hm ..." Tobias scheint zu überlegen. „Sollte Viola zweifeln, behauptest du, Kosta hätte sie auf dem Smartphone nicht erreicht, und du hättest ihm gesagt, dass ich in Düsseldorf bin. Bitte lass mich nicht im Stich. Du musst Viola dazu bringen, zu mir ins Hotel zu kommen. Schaffst du das?"
„Ich versuche es. Was erzähle ich den Kindern, wenn eure Versöhnung erfolgreich ist und Viola in der Nacht nicht

zurückkehrt?“
„Wenn das gelingt, erklärst du ihnen alles. Glücklicherweise sind Louise und Luca alt genug, um die Situation zu verstehen.“
„Hoffentlich klappt alles, wie du es dir vorstellst. Ich wünsche es euch.“
„Danke, natürlich kannst du Gregor später einweihen. Ich vermute, ihr beiden seid ständig in Verbindung.“
„Mal sehen“, weicht Henny aus. Im Moment verspürt sie keinerlei Lust, mit Gregor zu kommunizieren.
„Ich verziehe mich, damit mich niemand vorzeitig entdeckt. Sonst misslingt die Überraschung.“ Tobias verabschiedet sich schnell mit den Worten: „Halt mir die Daumen.“
„Sowieso.“ Als Tobias verschwunden ist, checkt Henny ihr Handy. Bereits vier Nachrichten von Gregor auf WhatsApp:

Warum bist Du plötzlich abgehauen? Hat Jennifer damit zu tun?

Warum meldest Du Dich nicht. Ist etwas mit Toni?

Allmählich mache ich mir Sorgen.

Kommst Du heute Abend noch einmal bei mir vorbei?

Henny geht nicht konkret auf die Fragen ein, sondern teilt Gregor mit:

Heute Abend habe ich keine Zeit. Ich hole Dich morgen vom Krankenhaus ab.

Den Grund für die Verhinderung nennt sie nicht, denn Viola und die Kinder sind womöglich noch bei Gregor.
Soll Henny ihre freie Zeit nutzen und Ralf anrufen? Irgendwie fühlt sich das seltsam an, jemanden aus der Jugend plötzlich zu kontaktieren. Sie verschiebt das

Vorhaben auf das nächste Jahr, wenn sie zurück in Berchtesgaden ist. Je länger die Rückkehr von Viola und den Kindern dauert, desto nervöser wird Henny. Schafft sie es, Viola zu Tobias ins Hotel zu schicken? Funktioniert der Versöhnungsversuch, oder endet das Treffen der beiden in einem Fiasko? Wie gern würde sich Henny mit Gregor darüber austauschen. Er hätte die nötige Souveränität gegenüber Viola, während Henny wahrscheinlich ihre Lüge nicht überzeugend präsentiert.
Die Grübeleien finden ein Ende, als die Rasselbande mit ihrer Mutter erscheint.
Luca sprudelt sogleich los. „Gregor weiß jetzt, wer ihn abgeschossen hat. Die Frau hat ihm einen riesigen Blumenstrauß als Entschuldigung geschenkt."
Henny räuspert sich: „Ich ... war dabei, als sie bei Gregor auftauchte."
„Wirklich? Wie sah die Frau aus? Sie war nämlich weg, als wir kamen", fragt Louise nach. „Gregor hat so von ihr geschwärmt. Sie hat ihn sogar zum Essen eingeladen."
In Henny fängt es an zu brodeln. Ihr Eindruck hat sie also nicht betrogen. Gregor steht auf Jennifer. „So genau habe ich mich nicht für sie interessiert." Dieses Thema gehört so schnell wie möglich abgehakt, denn wichtigere Dinge sind zu erledigen.
Als die Zwillinge in der Küche verschwinden, um etwas zu trinken, richtet Henny Viola die fingierte Einladung aus.
„Ach, Kosta und seine Frau sind auf Norderney? Sie wollten dieses Jahr Silvester zuhause feiern. Ich rufe Kosta sofort auf seinem Handy zurück. Heute ist mir nicht nach einer Begegnung. Vielleicht können wir für morgen etwas vereinbaren. Außerdem sollen die beiden wissen, dass Tobias gar nicht hier ist. Bestimmt wollen sie mich unter diesen Umständen nicht allein treffen. Es sind hauptsächlich die Männer miteinander befreundet", erläutert Viola.
Henny sieht ihre Felle schwimmen, und ihr bricht der kalte Schweiß aus. Einen Tick zu eifrig ruft sie aus: „Doch, die

wissen, dass Tobias nicht da ist. Die Einladung gilt auch für dich allein."
„Trotzdem sage ich ab. Ich bin zu müde, um mich aufzuraffen."
„Kosta hat sein Handy verlegt. Deshalb hat er vom Hotelzimmer aus angerufen."
„Kein Problem. Ich lasse mich über die Hotelrezeption auf sein Zimmer verbinden."
Es ist zum Verzweifeln. Was soll Henny tun? Der Plan von Tobias droht zu scheitern. Das darf nicht sein. Sie setzt eine ernste Miene auf. „Kosta hat mir anvertraut, dass es einen besonderen Grund gibt, warum sie dich sehen wollen. Ich glaube, sie wären sehr enttäuscht, wenn du ihnen einen Korb gibst."
„Ach, hat Kosta ihn dir genannt?" Violas Interesse scheint plötzlich geweckt.
„Nein, er kennt mich ja nicht, sondern hat nur eine Andeutung gemacht."
Über Violas Gesicht huscht ein Lächeln. „Ich kann mir denken, was es ist. Die beiden probieren seit fünf Jahren, ein Kind zu bekommen. Wahrscheinlich hat es endlich funktioniert, und sie wollen uns die frohe Botschaft verkünden."
Bei Henny regt sich das schlechte Gewissen, aber schließlich dient ihre Lügerei einem guten Zweck.
„Deswegen darfst du sie auf keinen Fall enttäuschen. Ich passe auf Louise und Luca auf und sorge dafür, dass sie pünktlich im Bett liegen. Außerdem tut es dir bestimmt gut, mal wieder etwas zu unternehmen." Hennys Worte sind an Scheinheiligkeit kaum zu überbieten.
Endlich gibt Viola nach. Das war keine leichte Aufgabe.
Zwei Stunden später erscheint eine gestylte Viola. Sie trägt sogar ein dezentes Make-up passend zu ihrem beigen Hosenanzug. Wenn Viola wüsste, wer sie in Wahrheit im Hotel empfangen wird.
„Ich wünsche dir einen wunderbaren Abend", verkündet Henny mit einem Grinsen auf dem Gesicht. Möge Tobias'

Mission gelingen.
Nachdem Henny mit den Kindern gespielt und sie anschließend zu Bett gebracht hat, versucht sie, solange wie möglich wachzubleiben.
Als Viola bis nach Mitternacht nicht aufgetaucht ist, geht Henny vom Erfolg aus, dass Tobias die Versöhnung mit seiner Frau geglückt ist.
Leider bleibt Henny nichts anderes übrig, als sich bis zum nächsten Tag zu gedulden.

♥

KAPITEL 21

In den frühen Morgenstunden fegt ein starker Wind ums Haus, der Henny weckt. Bloß kein Sturm. Ihre Hand tastet sich zum Lichtschalter über dem Nachttisch, auf dem ihre Armbanduhr liegt. Sie zeigt erst kurz nach fünf an.
Zu allem Überfluss zuckt in diesem Moment ein Blitz durchs Fenster, gefolgt von einem ohrenbetäubenden Donnerknall. Gewitter im Winter? Henny kennt das aus den Bergen. Auf der Insel hat sie nicht damit gerechnet.
Gerade als sie die Vorhänge zugezogen hat, stürmen Louise und Luca ohne anzuklopfen ins Zimmer.
Aufgeregt schreit Louise: „Mama ist nicht zurück. Ihr Bett ist unbenutzt. Ich habe Angst."
„Ja, wir müssen sie sofort suchen. Hoffentlich ist Mama nichts passiert", ergänzt Luca.
Henny weiß, dass der Junge genauso viel Angst vor Gewittern hat wie Louise. Darüber haben sie mal gesprochen. Deshalb rührt es Henny, dass er trotzdem draußen nach seiner Mutter gucken will.
„Ihr müsst euch keine Sorgen machen. Sie ist in Sicherheit", beginnt Henny mit ihrer Erklärung.
„Wieso? Woher willst du das wissen? Hat sie dir etwa eine Nachricht geschickt?" Luca stemmt seine Arme in die Hüften.
„Nein, hat Viola nicht. Setzt euch zu mir aufs Bett. Ich erzähle euch etwas", fordert Henny die Zwillinge auf.
Sie lassen sich nicht ein zweites Mal bitten. Als erneut ein Donner das Haus erschüttert, krabbeln sie zu Henny unter die Decke und kuscheln sich eng an sie.
„Sag endlich, was mit Mama ist", zügelt Luca seine Geduld

nicht länger.
„Sie ist mit eurem Papa zusammen."
Die Zwillinge recken gleichzeitig die Köpfe und starren Henny mit aufgerissenen Augen an.
Louise fängt sich als Erste: „Papa ist zurück? Wo sind die beiden denn?"
Anschließend erzählt Henny in kindgerechter Art von Tobias' Plan, sich mit Viola zu versöhnen.
„Wirklich?" Louise umarmt Henny stürmisch.
Auch Luca spart nicht damit, seine Emotionen auszudrücken. „Bin ich froh, kein Scheidungskind zu werden."
Als der Donner allmählich verhallt, schlafen Louise und Luca in Hennys Armen ein. Sie ahnt in diesem Augenblick, wie sehr sie die Leihenkel vermissen wird. Zum Glück wartet das Wiedersehen mit Emma auf Henny.

♥♥♥

Im Morgengrauen löst sich Henny vorsichtig aus den Armen von Luca und Louise, die nichts von ihrem Aufstehen bemerken.
Nach einer ausgiebigen Dusche bereitet Henny in aller Ruhe das Frühstück vor.
Als sie gerade die Brötchen aus dem Backofen befördert, meldet sich ihr Smartphone gleich zwei Mal kurz hintereinander.
Die erste Nachricht zaubert Henny ein breites Lächeln ins Gesicht.

Tobias schreibt:

Es hat alles super geklappt. Wir sind wieder vereint. Danke für Deine Unterstützung. Habt Ihr schon gefrühstückt oder können wir das mit Euch zusammen tun? Wir möchten so schnell wie möglich bei Louise und Luca sein.

Gregor schreibt:

Guten Morgen, meine Liebe. Holst Du mich bitte gegen Mittag ab? Ich muss leider die Visite des Arztes abwarten. Ich freue mich auf Dich.

Zugegebenermaßen klingt Gregors Nachricht ganz normal und nett. Hat sich Henny sein Interesse an Jennifer bloß eingebildet? Sie schickt eine kurze Mitteilung, ihm seine Bitte zu erfüllen. Danach reagiert sie auf Tobias' Frage:

Natürlich könnt Ihr zum Frühstück kommen. Die Kinder schlafen noch, wissen aber bereits über Euch Bescheid und freuen sich riesig über Eure Versöhnung.

Henny schiebt weitere Brötchen in den Backofen und ergänzt den Tisch mit zwei zusätzlichen Gedecken.
Eine Viertelstunde später liegen sich Viola und Henny zur Begrüßung in den Armen.
Viola flüstert ihr ins Ohr: „Es ist das erste Mal, dass ich mich für eine Lüge bedanke. Das hast du super inszeniert."
„Wo sind die Kinder?", fragt Tobias.
„Sie liegen bei mir im Bett, weil sie Angst vor dem Gewitter hatten."
Tobias nimmt Viola an die Hand. „Dann wecken wir sie mal."
Kurz darauf lauscht Henny den Jubelschreien von Louise und Luca.
Das anschließende Frühstück artet zum Festschmaus aus. Wie erlöst von allen Problemen der vergangenen Monate wirkt die kleine Familie.
„Ich fahre in die Klinik, um Gregor abzuholen", verkündet Henny. Sie fühlt sich in dem Gefühlstaumel der vier Wiedervereinten ein wenig überflüssig. Außerdem freut sie sich auf Gregor. Tatsächlich hat sie seinen Humor und seine positive Ausstrahlung vermisst.
Auf seinem Bett hockend mit der gepackten Tasche neben sich strahlt Gregor Henny beim Betreten des Zimmers an. „Na, endlich. Ich dachte schon, du würdest mich hier

versauern lassen." Er zwinkert spitzbübisch mit einem Auge.
Henny täuscht Empörung vor: „Ich habe keinen Parkplatz gefunden. Nun stehe ich im absoluten Halteverbot direkt vor dem Eingangsportal."
„Dann nichts wie weg."
Der Pfleger von gestern schreit im Flur hinter ihnen her: „Wollen Sie den Blumenstrauß nicht mitnehmen?"
Gregor dreht sich um. „Den dürfen Sie ins Schwesternzimmer stellen."
Henny neckt ihn: „Wie, du verschmähst die Blumen von Jennifer?"
„Nicht nur die. Ihre Einladung zum Essen habe ich genauso ausgeschlagen. Das Gequatsche über den perfekten Golfrasen und Birdies ging mir gehörig auf die Nerven. Ich war heilfroh, als das Mittagessen gebracht und sie von einer Schwester zum Gehen aufgefordert wurde."
Henny nimmt Gregors Geständnis erleichtert zur Kenntnis. Sie hat sich mal wieder völlig umsonst Gedanken über Jennifer gemacht.
Unterwegs erzählt Henny alles rund um Tobias' und Violas Versöhnung. Für ihre Unterstützung dabei erntet sie von Gregor Anerkennung. „Großartig. Das hast du super ohne mich geschafft."
„Hast du mir das etwa nicht zugetraut?"
„Natürlich, aber es wäre mir lieber, ich wäre für dich in allen Lebenslagen unverzichtbar", scherzt Gregor.
Henny lässt seine Anspielung unkommentiert. Die Zukunft wird es zeigen, wohin sich ihre Beziehung entwickelt.

♥♥♥

Die letzen Tage auf Norderney gestalten sich ruhig.
Gregor schont sich und wird von Henny umsorgt, während sich Viola und Tobias weitestgehend selbst um ihre Sprösslinge kümmern. Vor allem Tobias hat offenbar

diesbezüglich Nachholbedarf. Sein vermutlich schlechtes Gewissen treibt ihn an, mit Louise und Luca viel an der frischen Luft zu unternehmen oder ins Erlebnisbad zu gehen. Viola ist meistens mit von der Partie.
Henny und Gregor nutzen die Stunden allein, um sich gegenseitig über ihr Leben auszutauschen. Immer mehr nähern sie sich dadurch an und gewinnen Vertrauen zueinander.

Ein Highlight ihres Aufenthalts auf Norderney stellt schließlich der Silvesterabend dar.
Viola ordert ein üppiges Büffet vom Cateringservice mit allen Köstlichkeiten, die Norderney zu bieten hat. Angefangen von verschiedenen Fisch- und Fleischsorten bis hin zur Friesentorte lassen die Speisen keine Wünsche offen.
Nach dem Essen spielen sie Activity, bis sich Tobias eine halbe Stunde vor Mitternacht vom Tisch erhebt. „Ich habe eine Überraschung für euch. Gregor, schaffst du es, mir ein bisschen zu assistieren?“
„Aber sicher.“
Die beiden Männer begeben sich eingehüllt in warme Jacken und Mützen nach draußen.
Gespannt erwarten Henny und der Rest der Familie den Countdown für Jahreswechsel.
Pünktlich um Mitternacht lädt Gregor zur Betrachtung des Feuerwerks ein, für das Tobias keine Kosten gescheut hat.
Gregor hakt sich bei Henny ein. „Ein frohes Neues Jahr wünsche ich dir. Genießen wir dieses Spektakel. Wer weiß, wie lange es erlaubt bleibt, Raketen in die Luft zu jagen.“
Unter den Begeisterungsausbrüchen der Zwillinge zündet Tobias zum Schluss das Sonnenrad am Schaukelgerüst an. Es bildet das krönende Ende der Show.
Anschließend bestaunen sie alle die Raketen der anderen Inselbewohner am Himmel, bis es wieder ganz still auf Norderney wird.
Nachdem Louise und Luca sich ins Bett verabschiedet

haben, klingt die Nacht bei einem Glas Grog aus.
Tobias ergreift das Wort: „Schön, euch beide kennengelernt zu haben. Wir verdanken euch viel und hoffen, dass wir in Verbindung bleiben."
„Ganz sicher. Das ist in unserem Sinne, nicht wahr, Henny?", beteuert Gregor und legt den Arm um sie.
„Ja, ich lade euch alle zu Ostern ein. Was sagt ihr dazu?", schlägt Henny spontan vor.
„Wunderbar", meint Viola. „Ich war noch nie in Berchtesgaden und Umgebung."
Auch Tobias zeigt sich angetan von dieser Idee. Damit scheint ein Wiedersehen gesichert.

♥

KAPITEL 22

Drei Monate später

Eifrig kneten Emmas kleine Patschhände den Hefeteig unter Hennys Anleitung. Dieses Jahr muss der Osterzopf doppelt so groß ausfallen, damit alle Gäste satt werden.
Wie Silvester vereinbart, erwartet Henny Viola und Tobias mit den Kindern zum Fest. Sie haben sich in der Nähe für eine Woche ein Haus gemietet. Natürlich sind Sophia, Vince, Emma und Gregor ebenfalls zum Osterbrunch eingeladen, während Gregors Anhang wieder nach Salzburg fährt. So viele Menschen fordern Hennys Organisationstalent. Aber was wäre sie ohne Gregors Unterstützung? Er hat sich von seinem Golfunfall inzwischen vollständig erholt und die Rückfahrt von Norderney nach Berchtesgaden mit Henny am Steuer von *Toni* überlebt.
Ihre beiden Familien haben sich mittlerweile daran gewöhnt, dass Henny und Gregor nicht mehr uneingeschränkt als Großeltern zur Verfügung stehen. So beanspruchen sie das ein oder andere Wochenende für sich allein. Durch Gregor lernt Henny, mehr an sich selbst zu denken. Trotzdem nutzt sie jede Minute, die sie mit Emma verbringen darf, drängt Sophia aber nicht mehr so wie früher dazu, sie ständig in Hennys Obhut zu lassen. Ihre Tochter hat neulich zugegeben, dass ihr das Verhalten manchmal auf die Nerven gegangen ist. Umso schöner findet es Sophia, wie Henny an der Seite von Gregor aufblüht. Längst ist der Segelunfall von seiner Frau kein Thema mehr. Sophia schätzt außerdem Gregors handwerkliche Fähigkeiten, die die von Vince ersetzen.

Als Henny gerade ein Ei für Emma zum Bemalen auspustet, klingelt es an der Tür. Überraschenderweise handelt es sich um Sophia.
„Wolltest du Emma nicht erst in einer Stunde abholen?“, meint Henny.
„Stimmt, aber ich helfe euch ein bisschen beim Backen.“
„Gute Idee. Für so viele Gäste kann ich jede Hand gebrauchen.“
Sophia umarmt Emma von hinten und lobt den Teig. Er klebt allerdings mehr an Emmas Fingern als an der Unterlage.
Henny drückt ihrer Tochter ein Ei in die Hand. „Mir ist schon ganz schlecht vom Ausblasen.“
„Hm ... hoffentlich habe ich genug Puste.“
Nachdem etliche Eier ihren Inhalt in eine große Schüssel verloren haben, holt Henny zwei Likörgläser aus dem Schrank. „Wir haben uns einen Sanddornschnaps verdient.“
„Für mich bitte nicht“, wehrt Sophia energisch ab.
„Wieso, probier mal. Ich habe einige Flaschen von Norderney mitgebracht. Sonst bist du doch keine Kostverächtern.“
„Hast du noch die Babyschuhe, die du mir im vergangenen Jahr schenken wolltest?“
Allmählich dämmert es Henny. „Du bist schwanger?“
Sophia nickt und strahlt über beide Wangen. „Ich bin Ende des dritten Monats.“
Henny fällt ihrer Tochter um den Hals. „Wie wunderbar ist das denn? Ich freue mich so.“
„Baby kann mitbacken“, erteilt Emma ihre Erlaubnis für ihr Geschwisterchen, indem sie unbeeindruckt weiterknetet.
„Ich hoffe, dass dir neben Gregor noch Zeit bleibt, mir nach der Geburt ein wenig unter die Arme zu greifen.“
„Unsere Familie hat immer Priorität. Das ist bei Gregor genauso“, versichert Henny mit Freudentränen in den Augen.

„Danke, du bist die beste Mutter und Oma der Welt.“

♥♥♥

Der Ostersonntag hält für Henny eine besondere Überraschung bereit. Sie sieht nicht nur Viola, Tobias und die Zwillinge wieder, sondern auch ihren alten Jugendschwarm Ralf.
Tobias hat seine Eltern überredet, den Urlaub mit in Berchtesgaden zu verbringen. Alle wohnen sie im nahegelegenen Ferienhaus.
Es bereitet Henny und Ralf großen Spaß, sich über jene Zeit in ihrer Jugend auszutauschen. Ralf verrät sogar, dass er Henny viel netter fand als ihre Freundin. Er war allerdings damals zu schüchtern, um es ihr zu zeigen. Heute lachen sie über ihre gegenseitigen Geständnisse. Ralfs Frau ist Henny auf Anhieb sympathisch. Vor allem ihre Art, mit Louise und Luca umzugehen, zeigt, wie ähnlich sie in Bezug auf ihre Enkelkinder tickt. Sie liebt sie offenbar über alles.
Obwohl es ein wunderbarer Ostersonntag gewesen ist, meint Henny, als sie hundemüde abends neben Gregor im Bett liegt: „So schön Familie ist, aber ich freue mich wieder auf unsere Zweisamkeit.“
„Nicht nur du.“ Gregor dreht sich zu Henny um und schaut ihr in die Augen. „Könntest du dir vorstellen, mir dauerhaft Asyl bei dir zu gewähren? Ich halte den Stress nebenan kaum noch aus.“
„Unter einer Bedingung.“
„Die da wäre?“
„Du wäscht deine schmutzigen Socken selbst.“
Gregor lacht. „Wenn das dein einziger Wunsch ist. Den erfülle ich dir.“ Er küsst Henny sanft auf den Mund, und sie umschlingt ihn, als wollte sie ihn nie wieder aus ihrem Leben lassen.

♥

Weitere Romane der Autorin auf:
www.rike-stienen.de

Bisher erschienene Bände der Reihe VIPS-on-WINGS, die alle unabhängig voneinander gelesen werden können:

Liebe im Jetstream: VIPS-on-WINGS, Band 1

Julia ist leidenschaftliche Pilotin der Promi-Airline VIPS-on-WINGS. Eines Tages gehört der umschwärmte Fußballstar Emilio zu ihren Passagieren. Mit dieser Spezies hat sie so gar nichts am Hut. Sie fliegt ihn und ein Fototeam, das Werbeaufnahmen für eine Sportbekleidungsfirma von Emilio machen soll, nach Teneriffa. Dort erwarten Julia ungeplante Gefühlsloopings und Turbulenzen, die ihr Leben ganz schön in Schwingung bringen.

Ein turbulentes Liebesabenteuer über den Wolken.

Liebe im Steilflug: VIPS-on-WINGS, Band 2

Lisas Erinnerungsvermögen versagt, als sie mit starken Kopfschmerzen in einem fremden Hotelzimmer aufwacht. Hat der smarte Typ an der Bar vom Vorabend sie etwa abgeschleppt und ihren Rauschzustand ausgenutzt?
Zu Lisas Entsetzen ist ausgerechnet er einer ihrer Passagiere auf dem Flug nach Singapur. Bis Lisa endlich die Wahrheit über jene Nacht erfährt, erlebt sie als Stewardess bei der Promi-Airline VIPS-on-WINGS etliche Turbulenzen. Hat der neue Pilot Robert damit zu tun, der Lisas Herz im Steilflug erobert?

Bisher erschienene Bände der Reihe Travel & Date, die alle unabhängig voneinander gelesen werden können.

Verküsst auf Hiddensee: Travel & Date, Band 8

Ausgerechnet in der Adventszeit wird Bea wieder Single, und an Weihnachten droht ihr ein einsames Dasein unter dem künstlichen Tannenbaum. Es kommt anders. In einem Buch ihres Vaters entdeckt Bea einen angefangenen Brief an einen Mann, der womöglich ihr unbekannter Halbbruder ist. Entschlossen, dieses Geheimnis zu lüften, beginnt sie, mit den wenigen Anhaltspunkten nach ihm zu suchen. Der Weg führt nach Hiddensee. Wird sie den Sohn ihres Vaters finden und sogar Weihnachten mit ihm feiern? Eine ungewöhnliche Reise in die dubiose Vergangenheit ihres Vaters erwartet sie.

Verweht auf Texel: Travel & Date, Band 7

Valerie betreibt einen Dessous-Laden und erhält darüber ab und zu einen detektivischen Auftrag. Dieses Mal soll sie für die Kundin Karla herausfinden, ob deren Auserwählter, der auf Texel lebt, ihr treu ist. Kaum reist Valerie dorthin, überschlagen sich die Ereignisse. Sie rettet einem kleinen Heuler das Leben und lernt dadurch den Tierarzt Sam kennen. Außerdem kreuzt Johann Valeries Weg und lenkt sie von ihrer ursprünglichen Aufgabe gehörig ab. Was für ein Geheimnis trägt Johann mit sich herum?

Verträumt auf Hawaii: Travel & Date, Band 6

Stefanie entdeckt per Zufall ein Jobangebot auf ihrer Trauminsel Hawaii. Daniel Weber sucht auf der Plattform Travel & Date eine deutsche Nanny für seinen Sohn. Stefanie sagt spontan zu. Ihre Begeisterung für die paradiesische Inselwelt Hawaiis wird jedoch gedämpft, als sie ihren elfjährigen Schützling Niko kennenlernt, der sich als unerträgliche Nervensäge entpuppt. Bleibt Stefanie trotzdem Muße für die Erkundung der Inseln und für den smarten Bob? Macht es für sie überhaupt Sinn, sich in einen Mann zu verlieben, der einen riskanten Sport betreibt und um den sie deswegen ständig Angst haben muss?

Verzaubert von Lanzarote: Travel & Date, Band 5

Die Vorfreude des Autors Phil Rubens, den Frühling auf Lanzarote zu verbringen, wird mächtig gedämpft. Sein Verleger stellt ihm ungefragt auf dieser Reise die Psychologin Rosalie zur Seite. Gemeinsam sollen sie testen, ob die Agentur Travel & Date geeignet ist, zukünftig in den Reiseführern des Verlags empfohlen zu werden. Im Grunde eine reizvolle Aufgabe. Die beiden haben jedoch völlig unterschiedliche Erwartungen von diesem Auftrag. Logisch, dass zwischen ihnen bald die Fetzen fliegen und der Aufenthalt auf dieser sonst wunderbaren Ferieninsel für Phil zur Zerreißprobe wird.

Verschneit auf Borkum: Travel & Date, Band 4

Elfie von der Agentur Travel & Date reist zum 50. Geburtstag ihrer Patentante Cordula mitten im Dezember nach Borkum. Eine Insel im Winterschlaf? Mitnichten. Pilot Carsten, Wattführer Alex und Katze Frieda kreuzen Elfies Weg und wirbeln ihr sonst eher beschauliches Leben ganz schön durcheinander. Ein Unwetter, das über Borkum hereinbricht, macht das Chaos perfekt. Ob sie zu Weihnachten überhaupt noch rechtzeitig zurück nach München kommt?

Verrückt nach Korfu: Travel & Date, Band 3

Das hat Claire, eine der Inhaberinnen der Agentur Travel & Date, nicht einkalkuliert. Ausgerechnet ihr verwitweter Vater Georg hat über ihre Plattform auf Korfu Sophia kennen- und liebengelernt, und jetzt will er sie sogar heiraten. Claire ist entsetzt. Sie fliegt kurzentschlossen nach Korfu, um das zu verhindern. Unerwarteterweise findet sie auf der Insel einen Verbündeten, nämlich den Sohn der Auserwählten ihres Vaters. Doch das scheint schon die einzige Gemeinsamkeit zu sein, denn Nikos ist in Claires Augen ein Schnösel und alles andere als ihr Traumtyp. Nikos ist jedoch nicht der einzige Mann, der Claire auf der Insel begegnet und ihr Kopfzerbrechen bereitet.

Verliebt auf den Seychellen: Travel & Date, Band 2

Ein Traum scheint für Elena in Erfüllung zu gehen. Sie wird sich mit Marc auf den Seychellen treffen, um ihn dort zu heiraten und mit ihm den Honeymoon zu verbringen. Ihr Bräutigam taucht jedoch nicht auf der Insel Praslin auf. Was ist passiert? Elena ist verzweifelt, sodass sich ihre Schwester Jasmin ins nächste Flugzeug setzt, um ihr beizustehen. Die beabsichtigten Flitterwochen mit Marc gestalten sich plötzlich ganz anders als geplant, voller ungeahnter Begegnungen und Abenteuer.

Verliebt in Ibiza: Travel & Date, Band 1

Simones Abiturgeschenk soll Erholung und Entspannung bedeuten. Genau das Gegenteil ist bei der Reise mit ihrer Mutter Thea nach Ibiza der Fall. Der Plan, Thea auf der Insel über die Agentur Travel & Date mit einem Blind Date zu beschäftigen, um eigenen Interessen nachzugehen, scheitert. Stattdessen sorgen diverse Verehrer und ein streunender Hund für ungeahnte Turbulenzen. Ob ihr gemeinsamer Urlaub doch noch ein Erfolg wird?

Weihnachtsromane:

Verzuckerte Weihnachten

Charlotte freut sich auf die erste Adventszeit auf der Alm, die sich jedoch ganz anders gestaltet als erwartet. Überraschende Besucher trudeln in ihrem Haus ein mit persönlichen Problemen im Gepäck. Vor allem Charlottes Ex-Mann Horst und Vater ihrer Tochter Amelie sorgt für Turbulenzen und droht, ihr Liebesglück mit Markus zu stören. Charlotte hat alle Hände voll zu tun, damit der Heilige Abend dennoch harmonisch wird. Ob es ihr gelingt?

Dies ist der Fortsetzungsroman von „Die Liebe wohnt überall". Er kann aber auch ohne Kenntnis des ersten Bandes gelesen werden.

Weihnachtsküsse schmecken himmlisch

Leonies Weihnachtsfest steht unter keinem guten Stern. Es sieht danach aus, als müsste sie es ganz allein feiern. Da erscheint Merles Einladung, mit einigen jungen Leuten Weihnachten auf einer Hütte in den Tiroler Bergen zu verbringen, die Rettung. Hätte Leonie geahnt, dass Tom unter den Gästen weilt, wäre sie lieber zu Hause geblieben. Für Leonie halten die Feiertage weitere Überraschungen bereit. Abenteuerliche Erlebnisse im Schnee, Beziehungs-krisen unter den Freunden und Jan, dessen Charme sie sich nicht entziehen kann, gestalten den Urlaub unveresslich.

Ein Wintermärchen in der traumhaften Bergwelt Tirols

Zur Autorin:

Rike Stienen war einige Jahre als Rechtsanwältin und Mediatorin tätig, bevor sie sich ihren Traum erfüllte, eine Ausbildung zur Drehbuchautorin zu absolvieren. Seitdem entwickelt sie Stoffe für diverse Filmproduktionen, am liebsten romantische Komödien, die im Alpenvorland oder vor exotischer Kulisse spielen. Dabei ist es ihr wichtig, zwischenmenschliche Konflikte auf humorvolle Weise zu lösen. Mittlerweile sind zusätzlich einige Kurzgeschichten in Anthologien und zahlreiche Liebesromane veröffentlicht worden. Die Autorin lebt und arbeitet in der Nähe des Chiemsees und gehört verschiedenen Autorenverbänden an. Ihre Kreativität schöpft sie aus ihrem eigenen Gartenparadies.
Die Autorin freut sich auch über Ihre Rezension auf Amazon und über Ihren Besuch auf ihrer Homepage und bei Facebook unter:

www.rike-stienen.de
www.facebook.com/RikeStienenAutorin

Die im Inhalt genannten Personen und Handlungen sind frei erfunden. Sollten Ähnlichkeiten mit tatsächlich existenten Personen oder stattgefundenen Handlungen entstanden sein, oder sollte ein solcher Eindruck erweckt werden, so ist dies von der Autorin auf keinen Fall gewollt oder beabsichtigt.

Printed in Poland
by Amazon Fulfillment
Poland Sp. z o.o., Wrocław

50886256R00117